HIGURE MINTO
日暮眠都
ILL ナポ NAPO
モンスターのご主人様
9
MONSTER TAMER
モンスター文庫

真島孝弘《まじまたかひろ》
高校2年生
アサリナ
寄生蔓
あやめ
風船狐

「別に、孝弘は間違ってねえだろ」
ロビビア
ドラゴンの子

「勝負しなさい！
腕試しよ！」
ヘレナ
エルフの少女

シラン
元・同盟第三騎士団副長
ケイ
シランの姪
リリィ
ミミック・スライム

「ねぇ、ご主人様。
みんなの制服姿、
見てみたいと思わない？」

ローズ
マジカル・パペット
ガーベラ
アラクネ

Contents

MONSTER TAMER

モンスターのご主人様⑨

日暮眠都

MONSTER bunko

ヌルヤス
マクローリン
辺境伯領
ソクヤラ山脈
ヴィスクム
エベヌス砦

アラリア川
デュルシス
ロング伯爵領
セラッタ
ローレンス
伯爵領
キトルス山脈
アケル
ケドルス
ファーグス
チリア砦
コロニー
アラクネの巣

01　とある朝の決意

朝。瞼《まぶた》を持ち上げたとき、目の前にあったのは少女の笑顔だった。

蜘蛛《くも》の糸を思わせる白い髪。透き通る肌。なにもかもが総じて白く、それだけに、真っ赤な瞳《ひとみ》がいっそう際立《きわだ》つ。

人間離れした容貌《ようぼう》は、同時に人間離れした美しさを備えていて、ともすれば、神々しささえ感じてしまう。

けれど、その表情はいっそのこと幼いものだ。ベッドの端に頬杖《ほおづえ》を突き、こちらを眺める表情は、にまにまと笑み崩れている。まるで蕩《とろ》ける蜜のようだ。胸のなかに色付く愛情を隠すつもりなんて、彼女にはひとかけらだってないのだろう。

普段なら、こうしてあけすけに示される愛情に気恥ずかしさを覚えるところだ。けれど、いまは寝起きの胡乱《うろん》な頭のせいか、素直な嬉しさだけを感じていた。

「……ガーベラ」

彼女の名を呼び、手を伸ばす。

にやけたガーベラの唇を、指先が摘《つ》まんだ。

特になにを考えていたわけではなかった。触れたいと思ったから、そうしただけ。期待通りに柔らかい感触があって、惚《ほう》けた頭に満足感を得る。反射的にすぼまった唇に指先が挟まれて、湿った吐息《といき》を肌でじかに感じた。

　ガーベラの白い頬《ほお》が赤く染まる。恥ずかしさを堪《こら》えるように、触れた唇が震えた。けれど、彼女は逃げることもなければ、嫌がることもなかった。為《な》されるがままで、ただ瞳《ひとみ》を熱っぽく潤ませた。

「……ん？」

　そこで、おれは寝転がった腹のあたりに、かすかな圧を感じた。

　見れば、ふさふさの白い毛に覆《おお》われた巨大な蜘蛛《くも》の脚が、服のなかに潜り込んでいた。

　ガーベラの下半身の、蜘蛛の体から伸びる脚だ。

　なにも知らなければ卒倒するような光景だが、もちろん、驚きはなかった。寝ている間に触れていたんだなと思うだけだ。こっちが唇を摘まんでいるのと、おあいこだった。

　触れられた腹に圧を感じたのは、唇に触れられて体が緊張したためのようだった。

　ガーベラと一線を越えたのは、まだついこの間のことだ。初心《うぶ》で不器用なところは、まだまだ抜け切らないらしい。もっとも、辛抱《しんぼう》できずに襲い掛かりそうになる衝動を堪《こら》えて、こうして為すがまま固まっていられるようになっただけ、成長したと言うべきだろうか。

　なんてことを考えているうちに、本格的に目が覚めてきた。

　おれは唇を摘まんだ手を放すと、腹の上の蜘蛛の脚をどけた。上半身を起こした。

「……おはよう、ガーベラ」

声はまだ眠気を多分に含んでいる。だが、惚《ほう》けた頭はしっかりしてきていた。

「うむ。おはよう、主殿」

摘《つ》ままれていた唇を指先でなぞって、はにかむ笑みをガーベラは浮かべた。

おれも笑顔を返して、ふと気付いた。

「ひょっとして、寝坊したか」

視線を向けた先、開いたままの窓の外は薄暗い。けれど、太陽はもう昇っているだろう。現在、おれたちが滞在している竜淵《りゅうえん》の里は、ドラゴンの一族が隠れ住まう集落だ。『霧の仮宿《きり》』が構築した『霧の結界』により、上空は常に霧で覆《おお》われており、太陽の光は弱い。

「ほんの少しだけな。とはいえ、訓練の時間までは、まだ余裕があるぞ。普段が早いからの」

「そうか。今日はガーベラが起こしにきてくれたんだな」

「うむ。じっくり寝顔を堪能《たんのう》できて役得であった」

「……起こしにきてくれたんだよな？」

「あ、いや。ちゃんと起こしたぞ。なかなか起きなかったのは本当だ」

ちょっと怪しいなと思ってしまったのは、普段のうっかりを見ているからだろう。とはいえ、この様子だと、今朝の寝坊はおれ自身の問題らしい。

そこで、ノックの音が部屋に響いた。

「失礼します」

背中に垂らした灰色のみつあみを揺らして、部屋に入ってきたのはローズだった。

「ガーベラ？　ご主人様は起こして……ああ、起きていらっしゃったのですね、ご主人様。おはようございます」

腰を折って、丁寧に礼をする。ずいぶんと馴染んできたメイド服姿だが、普段している長手袋は付けていない。肘《ひじ》や指の人形の関節が剥《む》き出しだった。

エプロンが少し濡れている。扉の外から、美味しそうな匂いがした。どうやら炊事を手伝っていたらしい。ちらりと視線をガーベラに向けてから、ローズは口を開いた。

「リリィ姉様から、そろそろ起こしてくるようにと言われて参りました」

「……あれ？　ひょっとして、妾《わらわ》、信用されておらんかった？　ちゃんと起こしたぞ？」

「いえ。起こしはするだろうとは思っていましたよ。ただ、起きないならそれはそれで良いかと考えて、寝顔を眺めているくらいのことはしているかとも思いましたが」

「お、おおう……その通り過ぎて、ぐぅの音も出ん」

完全に見透かされたガーベラが狼狽《うろた》える。

おれは小さく噴き出してから、頬《ほお》を掻《か》いた。

「と、笑ってる場合じゃないな。さすがに、もう少し早く起きるべきだった」

「なに。よいのではないかの。たまにはこういう日があっても」

ガーベラが緩《ゆる》んだ声をあげると、ローズも頷《うなず》いた。

「ご主人様は生真面目でいらっしゃいますから。たまにはよいでしょう」

「あまり甘やかさないでくれ」

おれは苦笑を漏らした。

「どうにも緩んでいる自覚はあるんだ」

なにしろ、ここは竜淵の里。ドラゴンの一族の隠れ住まう集落だ。

眷属《けんぞく》のモンスターを率いる身として、いつも気にしていた人の目がない。ガーベラやローズも含めて、みんなのびのびしているのを見ていると、どうしても気は緩みがちだった。今朝、ちょっと朝寝坊をしてしまった理由も、突き詰めればそうしたところにあるのだろう。

「ふむ。妾《わらわ》としては、もっと主殿には緩んでいてもらっても良いのだがの」

唇を尖らせたガーベラが、なにか思い付いた様子で笑う。

「たとえば、そうだ。こんな感じで」

言ったが早いが、手を伸ばして、あっという間におれとローズとを捕まえてしまう。

「わっ」

さすがは樹海深部の白い蜘蛛《くも》、見事な手並みだ……と、言って良いものかどうか。おれとローズは、そのままガーベラに押し倒されてしまった。

じゃれるように、3人でベッドに倒れ込む。

「ほれ。ごろーん」

「ひゃわっ⁉」

悪戯《いたずら》っぽい感じのガーベラの声に、あまり聞かない上擦《うわず》ったローズの悲鳴が続いた。

ガーベラは恋人同士としての触れ合いは恥じらうくせに、こうした子供っぽいじゃれあいは平気らしい。対照的に、ローズはガーベラに抱き込まれた拍子に、うっかりおれの胸に顔を埋めてしまって、珍しくあたふたと狼狽《うろた》えていた。

「こっ、ちょっ。はふっ……ガーベラ！」

「ふっふ。たまには良いではないか、ローズ殿。これも役得というものだ」

そうして騒がしくしていると、おれの手の甲から顔を出したアサリナが、にょろりと蔓《つる》の体を伸ばした。もつれあってベッドに横になっているおれたちを見て、「サマー？」と首を傾げるようにする。

「サーマー」

遊んでいるとでも思ったのかもしれない。塊になった3人に、アサリナはぐるぐると絡みつき始めた。ローズがばたばたとして、ガーベラが笑みを零《こぼ》した。おれ自身はといえば、ちょっと驚きはしたものの、たまにはこういうのも悪くないかと体の力を抜いた。

気を張らずにいられる時間。おれが心の底から求めているものの欠片《かけら》は、間違いなくこの場所にあった。

けれど、現状では、それはある種の危うさを抱えてもいた。

この地にやってきて、かつての勇者と甲殻竜《こうかくりゅう》マルヴィナ、その子供たちに降り掛かった悲劇について聞かされた。すれ違いと不理解による悲劇を未然に防ぐためには、おれたちの存在を受け入れてくれる場所を作る必要がある。だから――

「――おはようございます、孝弘《たかひろ》殿」

起きるのが遅れた分、普段より急いで準備を整えてから、約束していた場所に行くと、シランが待っていた。

金髪碧眼《へきがん》のエルフの少女である彼女は、顔の右半面を覆《おお》うような眼帯を付けている。露《あら》わになった左の半面は、白くてやや蒼褪《あおざ》めた肌の色をしていた。チリア砦《とりで》でデミ・リッチになった彼女の体には、血が通っていないためだった。

それでも病人めいた印象がないのは、凛々《りり》しい表情に意思の強さが現れているからだろう。また、騎士として誰かを守る戦いを続けてきた経験が、彼女に信頼感と包容力を与えているからかもしれない。

シランのすぐ近くには、地面に仰向《あおむ》けになって大きく胸を上下させるケイの姿があった。

どうやらおれが来る前に、シランは訓練を見てやっていたらしい。倒れたケイの頬《ほお》を、見学していたらしいロビアがつんつん竜の尻尾《しっぽ》でつついていた。

「わ、わわっ。孝弘さん!?」

おれの存在に気付くと、ぱっとケイが跳ね起きた。かすかに頬《ほお》を上気させる。

「お、おはようございます」

スカートの裾《すそ》を直して口をもごもごとさせたケイを見て、シランがくすりとした。

「孝弘殿も来ましたし、今朝はここまでにしましょう」

「わかりました、姉様」

「汗を拭いておきなさい。水分の補給は忘れずに。あとでロビピアと模擬戦をするのは良いですが、適度な休憩を忘れずに。申し訳ありませんが、ロビピアにもお願いします。孝弘殿ほどではありませんが、無理をする子なので」

「……ん。任せろ」

「もうっ、姉様ったら。わたし、自分のことくらいちゃんと把握《はあく》できるもん」

唇を尖らせたケイの頭を宥《なだ》めるように撫《な》でてから、シランがこちらにやってきた。

「それでは始めましょうか、孝弘殿」

「ああ。今日もお願いするよ」

にこりと笑みを返したシランに、おれは続けた。

「それと、悪いんだが、このあとで時間をもらっても良いか。これからのことを、また相談したいんだ」

元・同盟第三騎士団所属の騎士であるシランは、竜淵の里の南にあるアケルの出身であり、この異世界の社会に暮らす人々のなかで信頼できる数少ない人物のひとりだ。おれがこの世界で生活していく地盤を得るために、彼女の協力は欠かせない。

「ええ。かまいませんよ」

快諾《かいだく》してくれたシランは、眼帯に隠されていない左半面の顔に穏やかな笑みを浮かべた。

それは騎士の笑顔だ。誰かを守り、安心させる表情だった。リリィたち眷属《けんぞく》とは別の意味で、彼女の笑顔はこれから先の道を行くおれにとって心強いものだった。

竜淵の里での滞在で得た決意を形にするために、これからおれはアケルに赴《おもむ》く。

温かな未来を望んで、行き先を見据えて、シランの故郷に向かう。

……このときのおれは知らない。

これから待ち受ける様々な出来事が、目の前のシランとの関係を大きく変えていくことを。

出発のときが迫っていた。

02　竜の棲《す》む里を出て

樹海北域五国のひとつ、アケル北部と帝国領南部を隔《へだ》てる『昏《くら》き森』のなか。巨大なドームのように『竜淵の里』を覆《おお》う『霧《きり》の結界』の境界に、おれたちは立っていた。

周囲は薄らとした霧に包まれている。里から外に歩を進めるにつれて、この霧は濃くなっていき、すべてを白く閉ざしてしまうだろう。

「……」

ロビビアは足をとめると、鮮やかな赤毛を揺らして振り返った。

その視線の先に、湖があった。

湖面からは不可思議な水柱が立ち昇って、里を覆い隠す結界に霧を供給し続けている。湖畔《こはん》には、里の家々が点在しているのが見えた。

ロビビアの目を引き付けていたのは、その湖の真ん中にある島だった。

彼女の気の強い顔には、むっつりとした表情が張り付いていた。ただ、パスが繋がっているおれには、それが彼女の内心の不機嫌さではなく、どんな表情をすればいいかわからない不器用さの表れであることがわかった。

大きく曲げられていた唇が開いた。

「……行く」

赤褐色の瞳《ひとみ》が、こちらを向いた。

「もういいのか？」

「ん」

赤毛を揺らして、ロビビアは頷《うなず》いた。

竜淵の里から、今日、おれたちは出立する。隠れ里である以上、みだりにこの地を訪れることは許されない。ロビビアにしてみれば、次にいつ帰ってこられるかわからない故郷であり、家族たちだ。たとえ嫌な思い出ばかりの場所だとしても、心中には複雑なものがあるだろう。

けれど、ロビビアが名残《なごり》を惜しんでいたのは、ほんの数秒のことだった。

半ば強がりだとしても、ここで堪《た》えられる彼女は、やっぱり芯が強い女の子だ。

おれは、健気《けなげ》な少女の頭を撫《な》でた。

ぺしっとその手を叩かれた。普段通りのやりとりだった。

「元気そうで安心した」

おれが笑いながらそう言うと、ロビビアはそっぽを向いた。

「孝弘が……」

「ん？」

「……孝弘が、いつか里のやつらに会えるかもしれねーっつったんじゃん」

小さな声で、噛み付くような調子だった。

「だから、落ち込んだりしねーよ」

言いながら、再び赤褐色の瞳《ひとみ》が、湖にぽつんと浮かぶ島に向けられた。

島の中央には、ごつごつとした小さな山があった。

その山が、身を起こしてこちらを見ていた。

「……マルヴィナ」

体長50メートルにもなろうという巨大な竜。彼女こそが、竜の一族のすべての母である、甲《こう》殻竜《かくりゅう》マルヴィナだ。

小山のような彼女の巨体は、この距離でも十分に見て取ることができた。向こうから、すでに半ば霧《きり》のなかにいるこちらのことは、見えているのだろうか。わからないが、このタイミングで身を起こしたということは、そういうことなのだろう。

結局、ロビビアとは喧嘩《けんか》別れになってしまったけれど、お互いに母娘の情がないわけではない。母の姿を見詰めるロビビアは、いつか仲直りができる日のことを思い浮かべているのかもしれない。

そんなロビビアに、彼女と同じ赤毛の女性がふたり近付いた。ロビビアの姉である、キャスとエラだ。ふたりは一族を代表して、この場に見送りに来ていた。

「ロビビア。これは、みんなから」

「父様の故郷で作られていたお守りよ。あなたの前途に、幸福がありますように」

ロビビアの首にかけられたのは、彼女たちがしているのと同じ、木彫りの首飾りだった。

里長であるマルヴィナの決定とはいえ、一族には、まだロビビアが里を出ることに反対の者も多いと聞いている。実際、この場に来ているエラもそのひとりだ。それでも、いざ里を出ると決まってしまえば、末の妹の身を案じずにはいられないのだろう。

「キャス。エラ……」

一瞬だけ、言葉に詰まったように見えたロビビアは、ぷいっと他所《よそ》を向いた。

「……元気で」

赤い顔で、ぼそりと言ったのが限界だったのだろう。長い赤毛を翻《ひるがえ》して、ロビビアは早足で歩き出した。リリィが任せてと目配せをして、そのあとを追っていく。

幼い少女の不器用さに苦笑を漏らしつつ、おれは竜淵の里のふたりに向き直った。

「お世話になりました」

「いえ。旅のご無事をお祈りしておりますわ、『霧《きり》の仮宿』の契約者様」

「孝弘様。ロビビアをどうか、よろしくお願いいたします」

ふたりとは、ここでお別れだ。来たときには案内人であるキャスが一緒だったが、ディオスピロの町に帰るのには、サディアスだけが同行することになっている。

「それと、もしも人間の世界に限界を感じたら、いつでもお戻りください。歓迎すると、長よりの伝言です」

「……ありがとうございます」

少し声を落として、エラから伝えられた言葉に頷《うなず》いた。

マルヴィナの厚意は、本当にありがたいものだった。これから先、最後の逃げ場になってくれるという彼女のお陰で、おれたちはリスクを過剰に恐れることなく、行動することが可能になるのだから。

踵《きびす》を返したところで、おれは足をとめた。

薄い霧《きり》を掻《か》き分けて、身長2メートル半を超える岩の如き大男がこちらに歩いてきていた。

「レックス……?」

ロビビアの兄のひとりであり、竜の一族のなかで最も人間を毛嫌いしている男だった。

強面《こわもて》の顔には、お世辞にも友好的とは言い難い感情が表れている。

以前、里を訪れたおれたちを、力尽くで追い出そうとしたこともある相手だ。

近くに残っていたガーベラたちが、警戒する素振《そぶ》りを見せた。

手振りでみんなを抑えておいて、おれは尋ねた。

「なにか用か?」

「……話がある、人間」

絞り出すような声には、嫌悪感がありありと現れていた。

こちらを見据える眼差《まなざ》しは、この場でいきなり竜に姿を変えて、噛み付いてきてもおかしくないくらい剣呑なものだ。

ますます高まる緊張感のなか、その口が開かれた。

「里の守護者であるおれは、この地を離れるわけにはいかん」

「……」

「パトリシアのことを頼む」

苦虫を何匹口のなかに放り込んだのか尋ねたくなるような、口調と表情だった。

ちなみに、パトリシアというのは、ロビビアの本名である。

一瞬の沈黙を、女性の笑い声が破った。

「なぁに、レックス？　それは」

ぷっと噴き出したのは、エラだった。

レックスにとって姉に当たる彼女は、なかなかに容赦《ようしゃ》がない。

歳が近いらしいサディアスとキャスも、口許を緩《ゆる》めていた。

おれはさすがに笑うことはしなかったが、レックスの表情と台詞《せりふ》との間にあるギャップには、確かにちょっとおかしなものを感じた。

生温かくなった空気のなか、レックスはごつい顔をわずかに赤く染めている。それでも、こちらを見下ろす視線を外すことはなく、表情はどこまでも真剣なものだった。

であれば、おれもそれ相応《そうおう》のものを返さなければならない。

居住まいを正し、強烈な眼光を正面から受け止めて応えた。

「おれにとっても、ロビビアは大事な子だ。力の限り、守るよ」

「……」

数秒、おれという存在を見定めるように時間を置いてから、レックスは素っ気ない口調で返した。

「あいつの名前はパトリシアだ。妙な名で呼ぶな」

頑固な言葉に、おれは思わず苦笑を漏らした。

結局、最後までこの男は、ロビビアをその名で呼ばなかった。

どうしようもないわからず屋であることは違いない。

ただ、彼が末の妹を、彼なりに大事にしていることもまた、間違いがないことだった。

と、そのときだ。レックスの頭で、ばぁんと大きな音がした。

すごい勢いで飛んできた背嚢《はいのう》が、レックスの岩のような顔面を横から打ったのだ。

「馬鹿野郎、レックスーーッ！」

ロビビアの怒鳴り声が届いた。

「なに言って……というか、言わせてんだ！　つーか、おれの名前はロビビアだっつってんだろーが！」

声を潜めていたわけでもないので、おれたちの会話は聞こえていたらしい。顔を真っ赤にして、ロビビアは地団太《じだんだ》を踏んでいる。

仏頂面《ぶっちょうづら》のまま、レックスは地面に落ちた背嚢を拾い上げた。

土を払ってから、こちらに差し出してくる。

「……頼んだ」

「ああ」

しっかりと受け取って、おれは竜淵の里を出た。

03　人形少女の恋路　～ローズ視点～

竜淵の里から、アケルの町ディオスピロに戻る旅の途上での出来事だった。

現在は真夜中。みんなが寝静まり、眠る必要のない者だけが活動する時間だ。

すぐ傍では、昼間よりもあどけない印象の真菜《まな》が、すやすやと寝息を立てている。華奢《きゃしゃ》な手が、わたしのスカートの裾《すそ》をきゅっと握っていた。

思えば、樹海にいた頃、なにかあったときにすぐに対応できるようにと、夜間はリリィ姉様がご主人様の、わたしが真菜の近くにいるようにしていたのが、いつの間にか習慣になってしまった。

いまでは樹海を抜け、ご主人様の眷属《けんぞく》や同行者も増えて、旅の安全性は飛躍的に向上している。したがって、近くにいる必要はあまりない。

それでも、こうして近くにいてくれたほうが、安心できる。真菜ではなくて、わたしがだ。

真菜の寝息を近くに聞きながら作業を進めるのに、すっかり慣れてしまったこともあり、この習慣をあえてやめるつもりはなかった。

「……ん、ん」

夢でも見ているのか、鼻を鳴らした真菜が身じろぎをする。

胸のなかの、どこか深いところが満たされる感覚があって、わたしはそれを笑みとして形にした。作り物のこの顔には、きっと、いまのわたしにできる一番自然な笑みが浮かんでいることだろう。

そんなことを思い、落としていた視線を上げた。

「……」

そこに、蕩《とろ》ける白い蜘蛛《くも》の姿があった。

そうとしか表現できないような有様だった。

「ふ、ふふ……」

にまにまとした笑みが、絶世の美貌をだらしなく緩《ゆる》めていた。

「うふふふふふふ」

いったい、なにを考えているのだろうか。口許をにやけさせて、ぽうっとしていたかと思うと、今度は頬《ほお》を両手で押さえて声にならない歓声をあげる。

かと思えば、自分の荷物を纏《まと》めた魔法の道具袋をごそごそとまさぐり始めた。

取り出されたのは、つい先日、乞われて作ってやった櫛《くし》とブラシだ。

髪を梳《と》かし、蜘蛛の毛を梳《くしけず》り、手の届かないところは長柄《ながえ》のブラシで丹念に撫《な》でつける。

それが終わると、今度は手元で糸をこね始める。

丹念に編み込まれた繭《まゆ》は、以前にも見たものだ。

　真菜が言うには「ある種の蜘蛛《くも》は、卵をくるんで繭を作る」のだとか。「人間でいえば、産着《うぶぎ》みたいなものに当たるのではないか」とも言っていた。

　まあ、来たるべきときに備えているのだとしたら、理解はできなくもない。

　しかし、わたしの記憶にある限りでは、ここのところ夜になっては作っているので、もう20個以上はあるはずなのだが……。

　しかも、恐ろしいことにペースが一向に落ちない。

　作り過ぎではないだろうか。

　というか、いったい、どれだけ作るつもりなのだろう。

　なんてことを考えながら眺めるわたしの視線にも気付かず、血のように赤い目を熱っぽく潤ませて、今日もガーベラはせっせと新しい繭を作っては、魔法の道具袋に入れていた。

　そしてまた、にやにやと物思いに耽《ふけ》り始める……。

　まるで挙動不審の見本市だ。眠るご主人様の傍で部分擬態《ぎたい》の練習をしていたリリィ姉様も苦笑している。

　ガーベラは昼の間、身を隠すために乗り込んでいる車のなかで寝ているはずなので、睡眠不足になることはないだろうが……あまり熱中し過ぎるのも体に毒かもしれない。

「楽しそうですね、ガーベラ」

「む？」

わたしが話しかけると、ガーベラはきょとんとした顔をした。

「ご主人様との関係は、うまくいっているようですね」

「お、おう？　なぜそれを？」

「見ていればわかります」

なにを今更、という話だった。

夜中、人の目が少なくなった頃になると、さっきのように箍《たが》が外れるようだが、日中だって十分に上機嫌でいるのだ。これでわからないほうがおかしい。

挙動不審になった時期を思い返してみると、関係が進展したのは、竜淵の里に滞在している間なのだろうということまで推測できてしまうくらいだった。

だというのに、指摘されたガーベラの反応は、驚きに満ちていた。

「すごいな、ローズ殿。見ただけでわかってしまうとは」

「……」

まさか、本人には自覚がないのだろうか。

思わず絶句して、ガーベラの顔を見返したが、そこには純粋な驚きしか見付けることはできなかった。これには、こちらのほうが驚いてしまう。もっとも、ガーベラらしいといえば、らしい話ではあるのかもしれないけれど。

「……まあ、なにはともあれ、うまく行っているようなら、なによりです」

わたしは気を取り直して、祝福の言葉を口にした。

「おめでとうございます、ガーベラ」

ガーベラは樹海にいた頃からずっと、ご主人様に想いを寄せ続けてきた。

想いが受け入れられてからも――これは、自業自得ではあるのだが――ご主人様と愛し合うことができずにいた。

念願叶《かな》ったというのなら、これほど喜ばしいことはない。

同じ眷属《けんぞく》として、姉として、ガーベラの幸せを祝福するのは当然のことだった。

しかし、わたしの言葉を聞くと、なぜかガーベラは複雑そうな顔をした。

「どうかしたのですか？」

「う、うむ」

不思議に思って尋ねれば、ガーベラは少し気まずそうに頬《ほお》を掻《か》いた。

「実のところ、これで良かったのだろうかと思うところも妾《わらわ》にはあってな」

「……よもや、ご主人様との関係に不満が？」

意図したことではないのだが、低い声が出た。

聞いたガーベラが、びくっと肩を揺らした。

「ち、違うぞ？　まさか。不満などあろうはずがない。主殿は、とても優しくしてくれたし、お互いが気持ちよくなれるように試行錯誤しつつ、初めての妾を気遣ってくれたのだ」

「そうですか」

ならいい。

……どさくさ紛れにすごいことを聞かされたような気がしたが、ご主人様の気持ちを考えて、聞かなかったことにした。

「特に、接吻《せっぷん》はすごかった。びっくりした。身も心もとろけるようだった。……あれ、リリィ殿の仕込みかの？」

「……」

聞かなかったことにする。

リリィ姉様の、すごく良い笑顔も見えない。

ともあれ、ガーベラには不満はないらしい。考えてもみれば、あれだけだらしない様子を見せていたのだから、不満なんてあるはずもなかったか。

「それでは、『これで良かったのだろうか』とはどういうことですか？」

尋ねると、ガーベラは困った顔をした。

そうして返ってきたのは、よくわからない返答だった。

「……まあ、なんというか、妾《わらわ》にも一応、順番を気にする心くらいはあるのでな？」

「順番、ですか？」

「加藤《かとう》殿は、ほれ。主殿のことにかけては、へたれだからの。ある意味、発破《はっぱ》をかけることになるのではないかと思っておる。だが、ローズ殿に関しては、そうではないからの」

「なにがですか？」

「そういうところが、かの。だが、だからといって、妾《わらわ》が気にして歩《ほ》をとめるのは違うだろうしの。難しいところだ」

　ガーベラは豊かな胸の下で腕を組むと、うーんと唸《うな》った。

「なあ、ローズ殿。これは、以前にも聞いたことではあるのだが……」

　改めてこちらに赤い目を向ける。

「主殿に抱擁《ほうよう》してもらうために、お主は自身を飾っておるのだったな？」

「はい。そうですが」

「あのときは、うやむやになってしまったが、いまでもお主は、そこから先を望んではおらんのか？」

「……」

　それは、ディオスピロの町を訪れる前、問い掛けられたのと同じ質問だった。

　わたしはご主人様に目をやって、よく眠っていることを確認してから、十分に小さい声で答えを返した。

「いいえ。わたしのなかには、ガーベラの言う通り、確かにその先を望む気持ちがあります。あるのだと、気付きました」

それは、ご主人様と初めてのデートをしたときに、感じたことだった。

ご主人様に抱擁《ほうよう》されたい。

人形として、女の子として、ご主人様に抱き締めてほしい。

そのためだけに努力してきて、それだけが自身の望みなのだと思っていた。

けれど、違った。わたしのなかには、抱擁のその先を望む気持ちがどこかにあった。

真菜からも、ガーベラからも、欲がないと言われてしまったわたしに、その事実を悟らせてしまえるくらいに、ディオスピロの町中をご主人様とふたりで歩いたあの時間は、幸せなものだったのだ。

「ガーベラの言っていたことは、正しかったということですね」

「おお。そうか。では、ローズ殿もまた、主殿を陥落《かんらく》せしめると決めたのだな!」

嬉々《きき》とした様子で身を乗り出してくるガーベラに、わたしは掌《てのひら》を向けた。

「いえ。待ってください。それは、違います」

「む?」

「そんなふうには、わたしは思っていません」

先走るガーベラを押し留める。

「というより、わたしは、ご主人様とどうなりたいのか、自分でもわからないのです」

「わからない?」

ガーベラは、変な顔をした。

「妙なことを言うものだ。自分のことであろ？」

「はい。ですが、わたしは本当にわからないのです」

抱擁《ほうよう》のその先を望む気持ちは、確かにある。けれど、それはあくまで漠然《ばくぜん》とした期待であり、希望だ。いざその先というものを考えようとしても、たとえるなら光り輝く霧《きり》のような、ふわふわきらきらとした具体性のないものしか浮かばない。

自分の望みが、確たる像を結ばない。

だけど、それも当然なのかもしれない。

以前、真菜にも指摘されたことがあった。

わたしの心は、未発達で未熟なのだ。自分の心のことさえ、よくわからないくらいに。

「言ってしまえば、わたしは自分の望みというものに、酷《ひど》く鈍《にぶ》い性質なのでしょう」

「むぅ。だが、主殿に抱き締めてほしいという望みはあるのだろ？」

「それは、以前に一度、ご主人様に抱擁された夜があったからです。一度あったから、もう一度と望むことができました」

「想像できぬものは、望むこともできぬというわけだ？」

腕組みをしたガーベラが、体を揺らした。

「それでは、ローズ殿は本当に、主殿と抱き合って、接吻《せっぷん》をして、触れてもらって、愛し合うことを望まぬというのか？」

「……」

あまりに当たり前のことのように尋ねられて、わたしは凍り付いてしまった。

なんてことを訊《き》くのだろうか。

わたしにとって、それは想像の埒外《らちがい》にある出来事だ。想像するしないの問題ではなく、そもそも、そんな発想がない。こうして正面から尋ねられたところで、考えることさえはばかられるというのが、正直なところだった。

けれど、尋ねた本人であるところのガーベラは、どこまでも真剣な顔で、わたしのことを見詰めていた。

彼女も冗談でこんなことを言っているわけではない。

真面目なのだ。

真面目に、考えてみてはどうかと言っているのだった。

だから、わたしはちょっとだけ、分不相応《ぶんふそうおう》な妄想を自分に許してみることにした。

けれど、すぐにその困難さに行き詰まった。

抱き合う？　キスをする？

触れてもらって、愛し合う？

わたしと、ご主人様が？

いざ具体的に挙げられてしまえば、それはいかにも現実味に乏しい光景だった。

かつてわたしは、抱き締められたいという願いさえ、身の程知らずな夢だと思った。

いまでも、どこかでそう思っているところはある。

ならば、それ以上の行為をなんと表現すべきなのか。わたしにはわからなかったし、それを頭のなかで形にすることは困難を極めた。

「……想像もできません」

「ローズはガーベラと違って、生殖に基づいた本能的な部分がないからね」

わたしが正直なところを告げると、リリィ姉様が助け舟を出してくれた。

「だからといって、美穂《みほ》と同居してるわたしみたいに、誰かの記憶と感覚から学べるわけでもない。となれば、こうしたことに疎《うと》くても仕方がないところはあるんじゃないかな」

「むむ。なるほど、そうしたものか」

「まあ、性格もあるんだろうけどね。ローズは忠誠心の塊みたいなところあるし、真面目だから」

諭すように言うリリィ姉様に対して、ガーベラは唇を尖らせてみせた。

「しかし、傍から見ておったら明らかだというのに、歯痒《はがゆ》いというか……」

「自覚のあるなしばっかりは、外からどうすることもできないからねえ。ローズのペースでやらせてあげるしかないよ」

どうやらわたしの気持ちは、傍から見ているだけでわかるものらしい。そんな大それたことを望んでいる自覚はないので、困惑するばかりだった。

そんなわたしを見て、リリィ姉様は笑顔を引っ込めると、眼差し《まなざ》を真摯《しんし》なものに変えた。

「ローズにとって、なにが切っ掛けになるかはわからないけど……もしもそのときがきたら、きちんと受け止めなくちゃ駄目だよ？　それはきっと、ローズにとってなににも勝る宝物のはずだから」

姉から妹に向けられる慈愛《じあい》に満ちた言葉だった。

同時に、確信に満ちた物言いでもあった。

いつか必ずその日は来るのだと――気付けばわたしは、こくりと頷《うなず》いていた。

「……はい。わかりました、リリィ姉様」

「よろしい」

姉様は満足げに笑った。

そして、一転、どこか悪戯《いたずら》っぽい笑みを浮かべてみせた。

「差し当たっては、ご主人様に抱き締めてもらうことだよね。切っ掛けって言ったら、まずはそれだろうし」

「ね、姉様……？」

「そろそろ、おねだりしてみたりしないの？」

「それは……っ！」

「おお。それはいい。やはり、動いてみなければわからぬこともあるしの」

ガーベラも乗ってくる。

楽しんでいるし、半分冗談めかしてもいる。だけど、残りの半分は紛れもない本気だった。

どうにも覚悟を定められずにいるわたしは少し困ってしまう。もっとも、いつまでもこんなふうでいるから、姉様たちも背中を押そうとしてくれているのだろうけれど。

気遣いがありがたいやら、それに応えられない自分が情けないやら、眉を下げたわたしを救ってくれたのは、見回りに出ていたシランさんの帰還だった。

「ただいま帰りました。おや。なにやら楽しげですね」

「お帰り、シランさん。あれ？　また、モンスターがいたの？」

姉様が鼻をひくつかせた。血の臭いを嗅ぎ付けたものらしい。

「怪我《けが》はない？　今日は、少し戻ってくるのが遅かったみたいだけど」

「大丈夫です。お気遣いありがとうございます」

心配そうに眉尻を下げたリリィ姉様に対して、シランさんはにこやかに答えた。

「遅くなりましたのは、すみません、いまはベルタがいませんから、見回りは密にしておいたほうが良いかと思いまして」

「あ。うん。それは、もっともだけど……」

「少々返り血を浴びましたから、湯浴《ゆあ》みをしてまいりますね。ローズ殿、一式、お貸しいただけますか？」

「わかりました。少々お待ちください」

わたしが魔法の道具袋から大きめのタライや手拭《てぬぐ》いを取り出して渡すと、シランさんは笑顔で礼を言って、他人の目が届かない離れた場所に移動していった。

その背中を、リリィ姉様はじっと見詰めていた。

「どうしたのですか、リリィ姉様」

「……うん、シランさんのことなんだけど」

思案げな顔で、姉様は答えた。

「けっこうな頻度《ひんど》で、モンスターを倒してきてるよね」

「ええ。そうですね。ご主人様たちの夜の安寧《あんねい》が保たれているのは、シランさんの手によるところが大きいでしょう」

モンスターのなかには、夜に活動を活発にするものが少なくない。

樹海にいた頃は、夜中にモンスターの襲撃《しゅうげき》を受けることが何度となくあった。

けれど、最近ではほとんど、そうしたことはない。野営地周辺のモンスターの駆除のために、シランさんが見回りをしているからだ。

「彼女の勤勉さには頭が下がります」

「うん。そうなんだけどね……」

リリィ姉様の返答は、歯切れの悪いものだった。

「なにか問題でも？」

わたしが尋ねると、少し迷ったあとでリリィ姉様は答えた。

「……どうにも、シランさんがモンスターと遭遇《そうぐう》して帰ってくる頻度が多過ぎる気がするんだよね」

「多過ぎる、ですか？」

すぐにはぴんとこない。

「だって、昼間だってそんなモンスターには遭遇しないでしょ。夜だからって、そうも頻度が跳ね上がるものかな」

「……ああ」

言われてみれば、確かにそうかもしれない。

わたしたちが昼に移動をしている間、モンスターと遭遇することはあまりない。ここは樹海に近い土地ではあるが、樹海そのものではないからだ。

人間にとって厳しい生存環境であるのは確かだが、さすがにモンスターの生息数は樹海ほどではない。また、町と町とを繋ぐ街道は、アケルの護国騎士団によってモンスターが駆除されてもいる。そのために、モンスターと遭遇する確率は抑えられているのだ。

しかし、現実として、シランさんが出回りでモンスターを倒してきて、狼の嗅覚を持つリリィ姉様がそれを指摘するのは、そう珍しいことではなかった。

それだって、毎回、気付けるわけではないだろう。ひょっとすると、なかには確信が持てなくて、口に出さなかったときもあるのかもしれない。

とすれば、実質はそれ以上に多く、シランさんはモンスターを倒している可能性がある。

「だがの、リリィ殿。ベルタは毎夜、モンスターを狩ってきておったろ?」

ガーベラが疑問の声をあげた。

「それも、何匹もだ。同じことなのではないのか?」

「あれは、狩りに出ていたんだよ。能動的に、獲物を求めて動き回っていたの。シランさんとは、根本的にやってることが違うでしょう?」

「む。それもそうか」

納得した様子を見せたガーベラから視線を外して、リリィ姉様はシランさんのいなくなった木立《こだち》に目をやった。

「かなり広い範囲を歩いて回らないと、そうはいかないと思う。もちろん、それ自体はありがたいことなんだけど……」

「また少し、彼女は頑張り過ぎているのでしょうか?」

わたしも心配になって、木立の奥に視線をやった。

「……そうかもしれないね」

リリィ姉様は相槌《あいづち》を打った。

「実は別れる前に、ベルタが言ってたんだよね。『貴様は自分たちの身内の問題をどうにかしろ』ってさ」

「『身内の問題』ですか？」

「うん。口を滑らせた感じだった。そのときは誤魔化《ごまか》されちゃったんだけど、それって、ひょっとすると……」

シランさんの頑張り過ぎは、かねてよりご主人様も心配していたことだ。ベルタが口にした『問題』というのが、シランさんのことを指しているのではないかと言われれば、確かにそうなのかもしれないと思えた。

けれど、同時にわたしは、少し引っ掛かるものを感じてもいた。

もしも、それが『問題』なのだとしたら、ベルタはどうして誤魔化したのだろうか？

すでに認識されている問題に関して、誤魔化す理由はないはずなのに。

もちろん、真実はわからない。

ベルタは工藤《くどう》のところに戻ってしまい、今更、問い詰めることもできない。

そもそも、ベルタの口にした『問題』が、シランさんのことに関するものなのかどうかも定かではないのだ。

ただ、引っ掛かりは残った。

姉様も同じなのかもしれない。木立を見詰め続ける横顔には、憂《うれ》いの影が差していた。

◆　◆　◆

結局、この件については、ご主人様に相談したうえで、わたしたちもそれとなく気を配ることになった。

と言っても、これまでも気にしていた案件ではあったのだ。すぐに目に見える進展があるはずもなく、そうこうするうちに、わたしたちはディオスピロに到着した。

今回も例のごとく、街に入ることにリスクのあるガーベラたちのために、リリィ姉様が車に残ることになった。

町で待つ深津《ふかつ》さんと合流するために、まずは宿に向かう。

宿のある通りに入った。すると、女性の声があがった。

「おお！　シランじゃないか！　それに、ケイも！」

通りをこちらへと歩いてくる、金髪碧眼《へきがん》の若い女性の姿があった。

耳が尖っている。エルフだ。快活そうな笑みを浮かべた顔立ちは、少し頬《ほお》の骨が張ってはいるものの、シランさんやケイに少し似ていた。

他人の空似、というわけではないらしい。珍しくシランさんがぽかんとした顔をした。

「……伯母様？」

「久しぶりだね」

女性は懐かしそうに目を細めたのだった。

04 開拓村の窮状《きゅうじょう》

予想もしない再会は、エルフの少女たちをいたく驚かせたようだった。

特にケイなどは、目をまん丸にしていた。

ともあれ、いつまでも驚いてばかりいても仕方がない。宿はすぐそこだ。積もる話もあるだろうと、おれたちは場所を移すことにした。

手早く宿泊の手続きを済ませてしまうと、深津のところに顔を出すというサディアスと別れて、部屋に向かう。

「こちらはわたしの伯母のリアです」

移動した部屋で、シランはおれたちに伯母を紹介した。

「あなたがリアさんですか。お話は聞いています」

シランの故郷を訪ねるにあたり、おれは事前に彼女から、いろいろと話を聞いていた。

リアという名前は、シランの故郷の開拓村『ケド村』から最寄《もよ》りにある、別の開拓村『ラフア村』を預かる村長の奥さんの名前だった。

続柄としては、シランの母親の姉になる。ケイからすれば、大伯母だ。それなりの歳ではあるはずだが、エルフは人間に比べて長命なので、見た目も物腰も二十歳そこそこに見えた。

「こちらは真島《まじま》孝弘殿と、加藤真菜殿です」

続いて、おれたちも紹介してもらった。

「伯母様も風の噂に聞いているかもしれませんが……いまを遡《さかのぼ》ること、数ヶ月前、過去に例のない多くの勇者様が、帝国のエベヌス砦《とりで》に辿り着きました。おふたりは、そのときにこの世界にいらっしゃった勇者様です」

これまで立ち寄った村では、面倒事を避けるために、おれたちは転移者の身の上を伏せて、転移者の子孫である『恩寵《おんちょう》の一族』のふりをしてきた。しかし、ここでシランは、転移者としておれたちを伯母に紹介した。事前に話し合って、そうしようと決めておいたからだ。

どうして身の上を明かしたのかといえば、ひとつには、少なくともしばらくの間、おれたちはシランの故郷であるケド村に逗留《とうりゅう》する予定でいるからだ。

ただ立ち寄るだけで、まともな交流をする機会がないのなら、『恩寵の一族』のふりをしてもボロを出さずにいられるだろう。だが、逗留が長期にわたれば、それも難しい。

また、それ以上に重要なのは、今後のことを考えるのなら、身分の偽称は信頼を得るための障害になりかねないということだった。

竜淵の里で過去の勇者の話を聞いて、おれは、自分たちを受け入れてもらえる居場所をこの世界に作るべく、最大限の努力をしようと決意した。そのためには、信頼できる人間を味方に付ける必要がある。さすがに、初対面の相手にモンスター云々《うんぬん》について話すことはできないにしろ、最低限、転移者の身分を明かすくらいはしておかなければ、お話にならない。

とはいえ、そのことによって、転移者がシランの故郷の開拓村に滞在しているという情報が広く拡散してしまうのはよろしくない。

転移者というのは、この世界において本当に重要な存在だ。もしも面倒な異世界事情に巻き込まれてしまえば、その対処にかかり切りになって、目的どころではなくなってしまう懸念《けねん》があった。

ただ、シランと検討した結果、そのようなことになる可能性は低いだろうという結論が出ていた。

まず、おれたちは自分が転移者であることを、無暗矢鱈《むやみやたら》と触れ回るつもりはない。その事実を明かすのは、滞在することになるケド村と、非常に近しい関係を持つ隣のラファ村くらいにしておくつもりだった。

そして、村人というのは、元来、外の世界との接触の機会をあまり持たないものだ。モンスターが跋扈《ばっこ》するこの世界では、そうした傾向は顕著《けんちょ》で、限られた機会を除けば、人々が生まれ育った集落の外に出ることはほとんどない。それでも町であれば、その規模に応じて、交易に訪れる人間がいるが、村ではそうした存在さえも非常に限られている。ましてや、世界最悪の危険地帯である樹海の開拓村であれば、その傾向はいっそう強い。そこに、この国の敬愛される王族のひとりである団長さんが招いた勇者が、お忍びで滞在したいというのだから、まずその情報が外に漏れることはありえない。

というのが、開拓村の出であるシランの意見であり、おれもそれは妥当だと判断した。

これでもなおリスクを恐れるなら、もうなにもできないだろう。

「ああ。勇者様が大勢いらっしゃったという話は聞いているよ」

シランに頷《うなず》いてみせたリアさんが、こちらを振り返った。

「お会いできるとは、まさか思っておりませんでしたが。孝弘殿、真菜殿、お目にかかれて光栄です」

「こちらこそ」

「よろしくお願いしますね」

おれと加藤さんは並んで挨拶《あいさつ》をしてから、同行者の紹介に移った。

「こちらは、おれの従者をしてくれているローズです」

「お初にお目にかかります、リアさん」

眷属《けんぞく》たちはみんな、おれの従者ということにしておいた。

本当のことを言うわけにもいかないから、このあたりが無難なところだろうと思うし、これなら嘘《うそ》を吐《つ》くことにもならない。

真実を話せる日がくればいいのだが……と考えながら、紹介を終えた。

「それにしても、転移者が現れたという話は、もうアケルまで伝わっているんですね。もう少しかかるかと思っていましたが」

「ええ。村はまだですが、町には教会を通じて正式な通達があったと聞いております。わたしは用事があって数日前にこの町に来まして、その話を聞きました」

「そうですか。それなら、話が早いです」

おれは続いて、自分たちの事情について、話せることを話していった。

転移してきたおれたちが、チリア砦に辿《とりで》り着いたこと。

とある事件があって、チリア砦が陥落《かんらく》したこと。

シランやケイを含めた生き残りが、砦を放棄して樹海を出たこと。

そのときの縁で、団長さんにアケルに招待されたこと。

事情があって彼女の帰国が遅れるため、それまではシランの故郷の村にお忍びで滞在する予定であること。

話せない事実は伏せたものの、シランと一緒にアケルにやってきた経緯については、おおよそを語って聞かせることができた。

「そうですか。そんなことが……」

最後まで話を聞き終えると、リアさんは立ち上がった。

ケイのもとまで歩み寄る。

「……伯母様？」

「あんたたちも大変だったんだねえ」

戸惑うケイの小柄な体を、リアさんは包むように抱き締めた。

背中を優しく撫《な》でながら、シランに顔を向ける。

その視線が、シランの顔の半分を隠す眼帯をなぞった。

「よく生きて帰ってきたね」

「孝弘殿のお陰です」

シランは親しみのこもった笑みを返した。

「特にわたしは、危ないところを助けられました」

「そうかい」

頷《うなず》いたリアさんが、こちらに頭を下げた。

「孝弘殿、ありがとうございました。あなたのお陰で、わたしは姪《めい》たちの顔をもう一度見ることが叶《かな》いました」

「いえ、そんな。シランには、おれも助けてもらっていますから」

シランから聞いた話によれば、リアさんは4人いた子供のうち3人を亡くしている。開拓村の暮らしは、常に危険と隣り合わせだ。親類縁者の死は、彼女たちにとって縁遠い話ではない。

それだけに、シランたちに再会できたことは、彼女にとって幸いだったのだろう。

こちらに向けられた顔には、心の底からの安堵《あんど》と感謝があって、おれの心を温かくした。

「ところで、伯母様」

話が一段落して、リアさんが席に戻ったところで、シランが口を開いた。

「伯母様は、どうしてディオスピロに？」

その顔には、疑問と懸念《けねん》とが等分に浮かんでいた。

「まさか、村になにかあったのですか？」

目尻を拭《ぬぐ》っていたリアさんは、姪《めい》のこの質問に居住まいを正した。

「そうだね。あんたには、それを話しに来たんだけど……」

言いかけたところで、こちらを気にする素振《そぶ》りを見せる。

加藤さんと視線を交わして、おれは口を開いた。

「おれたちのことは、気にせずともかまいません」

「ですが……」

「なにがあったんですか？」

少し強く促《うなが》すと、リアさんは気が引けた様子ながらも、事情を語り始めた。

「実は、現在、わたしたちのラファ村や、その近隣の村々は『群青兎《ぐんじょううさぎ》』の脅威《きょうい》に晒《さら》されているのです」

「群青兎、ですか」

おれは眉を顰《ひそ》めた。その存在は、事前にシランから聞いた話のなかにあったのだ。

「確かアケル南部の樹海に棲息《せいそく》するモンスターでしたか？　それほど強力なモンスターではないですが、周期的に大繁殖《はんしょく》するので、ときに大きな被害をもたらすとか」

「よくご存知で」

「ですが、伯母様。脅威《きょうい》に晒《さら》されているというのは、どういうことでしょうか？」

シランが疑問の視線をリアさんに向けた。

「確かに、群青兎の繁殖は厄介《やっかい》な問題です。しかし、その時期は予想されたもの。護国騎士団や軍が大規模に動員されることになっているはずですが」

大繁殖による被害が周期的なものであるのなら、予想もできるし対策も立てられる。

もっともなシランの疑問に、リアさんは深刻な口調で答えた。

「それがね、間の悪いことに、最近、それとは別件で『紅玉熊《こうぎょくぐま》』の被害が大きくなっているんだよ」

「……なんと」

表情を厳しいものに変えたシランに、おれは尋ねた。

「紅玉熊も、アケル南部の樹海に棲息《せいそく》するモンスターだったはずだよな？」

「はい。このあたりでは、かなり強い力を持つモンスターになります」

シランは重々しく頷《うなず》いた。

「その被害が増加しているとなれば、騎士団や軍はそちらに対応せざるをえません」

「……そういえば、以前に軍を訪ねたとき、『近隣の村からモンスターの目撃情報が複数あがっている』という話を聞いたな」

軍にいるシランの知り合いの、アドルフを訪ねたときのことだ。問題になっているモンスターの目撃情報のひとつとして、はぐれ竜であるロビビアの情報があったわけだが、今回話に出てきた紅玉熊もまた、軍を悩ませていた原因だったのだろう。

「あのときのアドルフさんは、まだ余裕がありそうな雰囲気だったが」

「想定していたよりも、状況が悪かったのかもしれません。あとで事情を尋ねてみる必要がありそうですね」

難しい顔をしたシランが、リアさんに目をやった。

「群青兎の繁殖時期だというのに、騎士団と軍はそちらに回せる手が足りていない。だから、伯母様はディオスピロまで陳情《ちんじょう》に来たというわけですね」

「そういうことだね。いまでも、すでに村の近くで群青兎の姿を見かけている。わたしたち開拓村の住人は、村を出て森に立ち入り、木々の伐採をしなくちゃいけない。けれど、そんなことができるような状態じゃあないんだよ。村もいつ襲撃《しゅうげき》を受けることか。もはや猶予《ゆうよ》はないと、現状を伝えたんだ」

「返事はどうでしたか？」

「……なるべく早く戦力を寄越すと約束してくれたよ。ただ、間に合うかどうかは微妙なところだろうね」

視線を落とし、陰鬱な溜め息をつく。

相当に状況は切羽詰まっているのだろう。表情は冴《さ》えないものだった。

「とはいえ、わたしらにはこれ以上どうしようもない。諦《あきら》めて村に帰ろうとした、そんなときだよ。シラン。あんたがアケルに戻ってきたという話を耳に挟んだのはね」

シランは以前に、この町の軍に赴《おもむ》き、副長である彼女の訪問を知っている。ただでさえ同盟騎士団はアケルではちょっとした人気があるし、副長である彼女の訪問を知っている者は少なくない。

そのあたりから、リアさんは話を聞くことができたのだそうだ。

ただ、彼女が宿を訪ねたときには、もうおれたちは竜淵の里に向けて旅立ったあとだった。

彼女は酷《ひど》く落胆したが、そこに思わぬ声がかかった。

同じ宿に逗留《とうりゅう》している深津が、丁度、通りがかったのだ。

深津から、シランがまた町に戻ってくると聞いたリアさんは、同行した村の人間と、ここ数日、シランの帰りを待っていたのだという。

「なるほど。事情はわかりました」

シランがこちらに視線を向けてきた。

なにが言いたいのかはすぐにわかった。頷《うなず》いて、おれはリアさんに顔を向けた。

彼女は迷うような顔をしていたが、おれと目が合うと、決心した様子で口を開いた。

「申し訳ありません、孝弘殿、真菜殿。お話が……」

「その前に、リアさん。おれからひとつ提案があるんですが、いいでしょうか」

彼女の言葉を遮《さえぎ》って、おれは伝えた。

「おれたちには、モンスターと戦うための力があります。それは、他の転移者に比べて、決して優れたものではないのですが……今回の事態においては、お役に立てると思います。微力ながら、力を貸したいと思っているのですが、どうでしょうか？」

こちらから切り出すと、リアさんは驚いた顔をした。

「よ、よろしいのですか？」

「ええ。おれたちも、シランの故郷の村に滞在する以上、他人事ではありませんから」

返答は澱《よど》みない。

これもまた、以前から考えていたことだったからだ。

しばらくの間、おれたちはシランの故郷に滞在するつもりだが、その間、タダ飯喰らいでいるわけにもいかない。いや。この世界の常識として、勇者にはそれが許されるのかもしれないが、おれとしてはそうした待遇に非常に抵抗があった。

それでは、おれたちになにができるだろうか？

たとえば、ローズの魔法道具製作能力あたりは非常に有用だ。商売を始めることは可能かもしれない。

しかし、あれはこの世界では特殊なものなので、悪目立ちしかねないリスクがあった。

ひとまずは伏せることにしたほうがいい。

そうして考えてみると、『モンスターの討伐《とうばつ》』という選択肢は、無難なもののように思えた。

一時期、行動をともにしていた『韋駄天《いだてん》』飯野優奈《いいのゆな》からは、探索隊はエベヌス砦《とりで》に滞在中、周辺モンスターの討伐を請け負っていたと聞いている。それと同じことをしようというわけだ。

ひょっとすると、そうすることを決めた探索隊のリーダー中嶋小次郎《なかじまこじろう》も、おれと似たような考えだったのかもしれない。そんなふうに考えると、少しシンパシーを感じないでもなかった。

おれたちには探索隊ほどの強大な力はないが、それでも樹海深部で生き残り、現在まで力を付けてきた。樹海表層部のモンスター相手なら、十分に戦力になる。実のところ、おれが群青兎や紅玉熊のことを事前にシランから聞いて知っていたのも、モンスターの討伐や村の防衛の手助けをすることを考えていたからなのだった。

思ったより事態は切迫しているようだが、やることは同じだ。村の役に立つことは可能だろう。これでタダ飯食らいになることもない。

また、これは信頼の置ける味方を作ろうという、おれの目的にも沿った行為だった。

おれは転移者であり、この世界で転移者は勇者として扱われている。

信頼を得ることは難しくない。

問題は、それが揺らぐような事実が発覚したときだ。

たとえば、おれがモンスターを引き連れていることが知られたとすれば、勇者というレッテル頼りの信頼なんて、どうなるかわからない。

だから、そうなる前に、信頼を確たるものにしなければならないのだ。

「あ、ありがとうございます、孝弘殿」

こちらの申し出を聞くと、リアさんは飛び上がらんばかりに喜んだ。

こうして、おれたちは群青兎の討伐《とうばつ》を引き受けることになったのだった。

◆ ◆ ◆

軍から状況を聞くために、ディオスピロには2日間滞在することになった。

シランはその日のうちにアドルフに連絡を取り、次の日に話を聞きに行った。

また、これを機に、サディアスとは別れることになった。

「孝弘はこの国にしばらく留まるということだし、わたしは一族の『探し人』としての旅に戻ることにするよ」

万が一にも現在の隠れ里が住めなくなるような事態に備えて、一族が移り住むことのできる土地を探すのが『探し人』の役目だ。いつまでも一緒にはいられない。

「ロビビア。良い子にしているんだよ」

「……ふん」

声をかけられると、ロビビアは素っ気なく鼻を鳴らした。けれど、サディアスが少し悲しそうな顔をしているのに気付くと、わたわたとして口を開いた。

「め、迷惑はかけねーよ。なるべく。そうするように気を付ける」

「そうか。ならいい」

少し迷った素振《そぶ》りを見せたあとで、サディアスは手を伸ばした。

その手が、ロビビアの赤い髪を撫《な》でた。普段の静かな物腰から、サディアスには如才《じょさい》のない印象があったのだが、意外と不器用な手付きだった。

ロビビアが人に姿を変えられるようになってから、多分、これが初めての兄妹の触れ合いだろう。ロビビアは唇を曲げながらも、じっとしていた。

手を放すと、サディアスはおれに向き直った。

「わたしはしばらく、アケルを含めた北域五国の周辺を歩き回るつもりだ。なにかあれば連絡してくれ。助けになることができるかもしれないからね。連絡を取る手段を教えておこう」

長い放浪生活のなかで、世界各地にサディアスは繋がりを作っており、行商人などの所属する商会を介すれば、時間はかかるにせよ、連絡を取り合うことが可能なのだという。実際、ロビビアの件で竜淵の里からサディアスに連絡を取ったときには、そのラインを使ったらしい。

そうした連絡方法について教えてもらったあと、おれはロビビアとケイを連れて、旅の間に消費した品々を補充しに市場に出た。

ついでに、昼食も済ませてしまうことにする。

「やっぱり、町は美味しいものがいっぱいだな」

アケルでよく食べられている、芋《いも》を原料にしたもちもちのパンを頬張《ほおば》りながら、ロビアがつぶやいた。

なにか食べている間の彼女は無邪気な子供だ。普段は険のある表情も緩《ゆる》んでいる。

「里で出てくるのは、芋と水草だけだったし。肉は美味かったけど」

「ディオスピロは、アケルの流通を支える町のひとつだからな。里とは比べられないだろう」

おれが言うと、ケイも口を開いた。

「村はそんなに変わらないよ。ロビアちゃんの里と違って、お肉も簡単に手に入らないし」

「そっか……」

ロビアがちょっぴりがっかりした顔をして、パンを頬張る。

「美味しい……」

切なげにつぶやく彼女に、おれは励《はげ》ましの声をかけた。

「まあ、なんだったら、おれたちが狩ってくればいいだろ」

滞在中は村の用心棒的なポジションに収まるのなら、ついでに狩ってくればいいのだ。

これは良いアイディアに感じられたのか、ロビアが表情を明るくした。

「おれも行く！」

「いや、それはやめたほうがいいかな。村の近くで姿を変えるのはまずい」

ドラゴンが村の近くに現れたとなれば大騒ぎだ。やる気があるのは良いことだが、地域の平穏を乱すのはいけない。

「……じゃ、このままでは？」

「戦えるのか？　武器は使えないだろう？　あ。爪と牙《きば》と尻尾《しっぽ》と羽はなしだからな」

「す、素手なら？」

「すごい悪目立ちするだろうな……あー、そうだな。そのあたりも、ちょっと考えたほうがいいのかもしれないな。ローズに相談するか」

そんな会話をしながら、買い物を終えた。宿に帰ってくる。

「……あれ？」

「よう。真島」

廊下で深津明虎《あけとら》に会った。

というより、彼はおれの帰りを待っていたようだった。

「ちょっと顔を貸してくれねえか」

「別にかまわないが……」

と答えながらも、意外に思った。

すでに深津からは、以前にあったいざこざについて謝罪を受けているし、最近では敵意を向けられることはない。けれど、だからといって、話をする機会はあまりなかったからだ。

「じゃ、こっちだ」

深津は自分たちの借りている部屋におれを連れていった。ケイとロビアもついてくる。サディアスは出ているようで、部屋に姿はなかった。

「一度、あんたとは話をしておかないといけないと思ってたんだ」

「話? なんの話だ?」

「コロニーでの話さ。正確に言えば、その崩壊《ほうかい》の日のことだ」

「……ああ」

探索隊の一員であった深津が、第一次遠征隊に参加しておらず、あの日のコロニーにいたのは、以前に聞いたことがあった。

立場こそ違えど、おれと深津はコロニー崩壊の生き残りなのだ。ただ、そのときの詳しい事情については、お互いに話していなかった。

「あんた、あのときのことを、どれくらい把握《はあく》してる?」

「……唐突だな」

苦笑が漏れた。もっとも、これを逃せば次はいつになるかわからないので、このタイミングで切り出してきたのは理解できた。

それに、答えない理由もなかった。というより、支障があるようななにかを答えられるほど、状況を把握《はあく》していないというほうが正しいが。

「おれの場合、気付いたら、殺し合いと奪い合いが始まっていた。力のあったやつも、なかったやつも、みんな恐怖に駆られてた。覚えているのはそれだけだ。おれは当時、なんの力もない残留組のひとりだったから、なにかに気付くような余裕なんてなかったんだ」

「……よく生き延びられたな」

「運が良かっただけだよ」

パニックに陥った人間は、時に獣になる。

踏み躙《にじ》られて、殺されかけて、それでも生き残ることができたのは偶然だった。

思い返せば、まだ胸が痛む。

幸福ないまがあるから、過去にあった事実を受けとめることができてはいるものの、痛みが消えたわけではないのだ。多分、一生、この痛みは残り続けるのだろう。

浅く吐息《といき》をつき、軽く拳を握り締める。

その拳に、小さな掌《てのひら》が触れた。

ロビビアの手だ。ぎこちなく、指の間に指を通してくる。子供らしく体温の高い手だった。

彼女には、おれの感じた痛みが伝わってしまったのかもしれない。こちらからも、絡めた指に力を込めてやってから、口を開いた。

「そういう深津はどうなんだ」

「おれも似たようなもんだ。気付いたら、ああなってた」

深津は顔を顰《しか》めていた。彼にとっても、あれは嫌な記憶なのだろう。

「ただ、ひとつ妙な話を聞いてな」

「妙な話？」

深津は頷《うなず》いた。

「ああ。知ってはいるだろうが、あの頃のコロニーは変な空気になっていた。もともと、爆弾を抱えてたようなもんだったんだ。第一次遠征隊を率いて、リーダーがいなくなったことで、箍《たが》が外れちまったってわけだ。ただな、一応、対策がなかったわけじゃねーんだよ」

「二つ名持ちか」

前に同じ話を飯野としたことがあった。

「『闇の獣』と『絶対切断』のふたりが残っていたんだよな」

「そうだ。探索隊のなかでも精鋭は、大半が遠征隊に参加してたんだが、一部は残っていた。『闇の獣』の轟《とどろき》美弥《みや》、『絶対切断』の日比谷浩二《ひびやこうじ》のふたりを中心にして、なにが起こっても大丈夫なように、対策班が作られていたんだ。つっても、実際にはモンスター対策の面が大きかったんだが……あの時点で最強の戦力があいつらだったことは間違いない」

「それがどうかしたのか」

「妙な話なのは、これからだ。コロニー崩壊《ほうかい》の爆弾の、最初の発火点がどこだったのかは、お

れも知らない。殺さなければ殺される。気付いたときには、あの場はそんな雰囲気になっていた。そこで、おれは対策班に報告をあげようとしたんだ。あいつらならどうにかできるって思ってな」

そこまで語って、深津は乱暴に首を振った。

「いや。違うな。格好付けても仕方ない。おれはただ、なにをしてやがるんだって、あいつらに腹を立ててただけだ。暴れ回ってたやつらと、そう変わりやしなかった」

「深津……」

皮肉っぽく笑った深津が、笑みを引っ込めた。

「まあ、それはいいんだ。どっちにしても、そんなのに意味はなかったからな」

「意味がなかった？」

引っ掛かる物言いに、おれは眉を顰《ひそ》めた。

「報告したところで、とめられなかったってことか？」

「いや。違う」

深津はかぶりを振った。

「そうじゃねーんだ。おれはな、報告さえできなかったんだよ。その前に、対策班のメンバーが殺されてたのが発見されたって話が入ってきたからな」

「殺されていた……対策班が？」

「ああ。もちろん、全員がって話じゃなかったみたいだが、班として纏《まと》まって動けるような状態じゃなかったのは確からしい。実際、やつらがパニックを抑えようと動いているところは、最後まで見なかったしな」

そのときのことを思い出したのか、深津の目に暗いものが宿った。

「あれは堪《こた》えたぜ。実際、なんとか持ちこたえてたやつらも、それで心折れたからな。あとはもう……どうしようもなかった」

吐き捨てるような口調は、初対面の頃を思い出させるものだった。

深津は他の転移者を嫌っている。その理由の根源は、きっとその後の出来事にあるのだろう。彼にもなにかがあったのだ。そこを掘り下げるほど、おれは残酷ではなかった。

深津が続けた。

「だから、おれは思うんだよ。おれたちのコロニーがああも呆気なく崩壊《ほうかい》したのは、ひょっとすると、かなり最初の時点で対策班になにかあったせいなんじゃないかってな」

「……対策班の力不足と認識不足でとめられなかったわけじゃなくて、そもそも、動く前にやられていたたっていうのか？」

「まあ、そういう可能性もあるんじゃねーかってくらいの話だよ。根拠はない」

深津は軽く肩をすくめた。表情は仕草ほど軽くはなかった。

「対策班のやつらが殺されてたって言っても、そのうちの何人が死んだのかはわからねーし、最初のほうでやられてたってのも、あくまでおれが事態を知った時点で死んでたってとこからの想像だ。実際は、単におれが事態に気付いたのが遅かっただけかもしれない。そもそも、死体をおれ自身が見たわけでもないし、いまから考えれば、その話自体が本当だったのかどうかもわからない」

「あくまで仮説か」

「そういうこったな」

確かなことはひとつもない。

けれど、あの場にいた人間の言葉だ。それも、逃げ延びるだけで精一杯だったおれとは違う。耳を傾ける価値はあった。

「コロニー崩壊《ほうかい》は、おれたちが思っているほど、単純なものじゃないかもしれない。まだ、なにかがあるかもしれない。この世界で生きてくんだろ、あんたは。それに……加藤さんもだ。だったら、知っておいて損はないだろうと思ったんだよ」

「……そうか。ありがとう。参考になったよ」

「気にすんな。サディアスの件では恩もあるしな」

理由はそれだけではないようにも思えたが、深津はそれ以上、特別なことはなにも言わなかった。

「おれはサディアスと一緒に、この世界を回るつもりでいる。また、あんたとは会うことがあるかもしれねーな」

そうして、深津ともここで別れることになった。次に会うことがあれば、もう少しいろいろと話をしてみても良いかもしれない。そんなふうに思った。

更に次の日、周辺のモンスターの状況等を聞きに行ったシランが、軍から帰ってきた。

軍としても、現状には深い懸念《けねん》を抱いているらしく、アドルフを訪ねたシランは、軍の施設に泊まり込みで会議に参加していたらしい。

有用な情報を手に戻ってきたシランと合流し、おれたちはディオスピロを出たのだった。

05 エルフの開拓村

ディオスピロを出たおれたちは、町の外で待っていたリリィやガーベラと合流してから、リアさんの村がある西の方角へと向かった。

道中には、リアさんをはじめ、開拓村のエルフ5名が同伴した。

彼らは全員が腰に剣を下げ、軽鎧を身に付けたうえで、盾と弓矢を携帯していた。村人が武器を携帯すること自体は、尚武《しょうぶ》の気風が強いアケルでは珍しいことではない。だが、さすがに完全武装ともなると、軍人以外ではあまり見かけない。群青兎の大繁殖の件を警戒してのことだった。

今回の町への訪問は物資の補給を兼ねていたとのことで、彼らも荷車で来ていたため、おれたちの魔動車と2台、縦になってガタゴトと細い道を進んだ。

移動中、シランとケイは、村のエルフたちと和気藹々《わきあいあい》と過ごしていた。

大抵の場合、アケルにあるエルフの開拓村の住民は、ひとつの血縁集団、ひとつの部族からなっているのだという。言い換えれば、村人はみんな、族長筋であるリアさんの血縁だということだ。従って、リアさんの血縁であるシランたちも、村人たちと血の繋がりがあるということになる。

そんなシランが同盟騎士団で副長になり、勇者を伴って帰国したというのだから、あれこれと話を聞きたがるのは当然の成り行きだった。

そうしてシランたちが村のエルフたちと交流する一方で、彼らの前には姿を見せられないガーベラとあやめは、車のなかに引きこもっていた。

なにも知らないエルフたちがすぐ近くにいることに、少しばかり不安もあったのだが、これについては、ロビビアがガーベラたちと常に一緒にいて、問題を未然に防ぐ役目を買って出てくれた。

「おーい、ロビビア。夕飯だぞ」

「……わかった、すぐ行く」

エルフたちと一緒の道中、ロビビアは、用があるときだけ翼を背嚢《はいのう》で隠して、車の外に出るようにしていた。人目があると翼を隠さなければならない彼女としても、ガーベラたちと一緒にいれば窮屈な思いをせずに済むし、なにより、かなりの人見知りでもあるので、このほうが気が楽だったようだ。

挨拶《あいさつ》のときに車のなかから顔を出して以来、外に出てこないガーベラの存在について、エルフたちは少々不審に思っていたようだったが、そこは彼女の美貌が良い方向に働いた。

いや。これを一概に良い方向と言ってもいいものかはわからないのだが……端的に言えば、ガーベラは『勇者様が囲っている恋人』と、エルフたちに認識されたようなのだ。

邪推ではあるが、完全に間違いというわけでもない。

それでエルフたちとの関係がおかしなことになるなら問題だが、特にそういうこともなさそうだったので、おれは誤解をそのままにしておくことにした。

ちなみに、ガーベラ本人は『囲われている恋人扱いされている』ことを知ると、無邪気に喜んでいた。

そうなると、おれも悪い気はしないものだった。

もっとも、たとえ村人たちの間でそうした解釈が生まれなかったとしても、勇者の車に無断で入り込むような無礼者もいないので、これについてはおれの考え過ぎというか、杞憂《きゆう》だったのかもしれない。

それに対して、少し難しかったのが、夜の見張りだった。

普段の旅では、眠る必要のないリリィとローズ、シランの3人がやってくれているのだが、さすがにそれは事情を知らない者の目から見て不自然だ。

そこで、エルフたちも含めて、交代で見張りをすることになった。

また、周辺の見回りについてだが、これまでのように夜の長い時間があれば、シランに任せることもできたのだが、彼女も他のエルフたちと同じように交代で眠るふりをする必要が出てきてしまったため、これは諦《あきら》めるほかなかった。

もっとも、夜の見回りはあくまで、より確実に安全を確保するために、シランが自発的に行っていたことだ。必ずしも、なければ困るものではない。夜の警戒を怠らないように、いっそう気を付けることにして、おれたちは旅を続けた。

じわりとした空気の変化を感じたのが、ディオスピロを出発してから2日目のことだった。

樹海独特の空気を肌で感じた。

目的地であるラファ村に到着したのは、その翌日だった。

ここでもシランたちは、村のエルフたちに歓迎を受けた。

「おお、シラン様！　よく帰っていらっしゃった」

「立派な騎士様になったものですな。前に会ったときは、まだこんなだったのに」

「女らしくなって。そろそろ男がほっときやせんのではありませんか」

「ケイ様も大きくなられた」

シランたちにかけられる言葉はどれも親しげで、敬意と温かみが感じられるものだった。

エルフの村を治める族長筋の家は、多くの騎士を輩出している。モンスターの脅威《きょうい》から人々を守るために、危険な樹海にあえて分け入るのが、騎士たる者の役割だ。村を代表して、重い責務を負う彼らは、村人からの尊敬の対象となっているのだろう。

「なんかさ、ご主人様。こういうのって良いね」

「そうだな」

リリィの感想に、おれは同意を返した。

いつかの地下霊廟《れいびょう》でのシランの横顔を思い出した。

これが、シランが命を懸けて守りたいと言っていたものなのだろう。

おれの目から見て、エルフの村というのは、ひとつの家族のようなものにさえ見えたのだ。

と、そのときだった。

「あーっ！」

少し離れた場所で、大きな声があがった。

「本当に、帰ってきてる！」

声をあげたのは、シランより少し年下の少女だった。

振り返ったシランが目を丸めた。

「ヘレナ」

「あんた、シラン！　どうして帰ってきちゃうのよ⁉」

頭のうしろで纏《まと》めた金髪を揺らして、ヘレナと呼ばれた少女がこちらにやってきた。

「誰だ？」

「リア伯母様の孫娘のヘレナと言います」

おれが尋ねると、再会の驚きを喜びへと変えて、シランが答えた。

「わたしの幼馴染《おさななじみ》で、友人です」

「違うわよ！」

紹介をしてくれたシランに、当のヘレナが噛み付いた。

「と言ってるが」

「わたしは友人のつもりなのですが……」

困ったふうに笑って、シランはヘレナに向き直った。

「お久しぶりですね、ヘレナ。5年ぶりになりますか。元気にしていましたか？」

「元気に決まってるじゃない！　わたしは騎士になるんだから」

勝気そうな眼差《まなざ》しが、シランの眼帯の上でとまった。

気遣わしげな顔になったのも一瞬、再びかしましい声をあげた。

「あんたこそ、なによ、その眼帯！」

「いろいろあったんですよ」

苦笑するシランだが、動じる様子はない。ふたりは気の置けない関係なのだろう。

どうやらヘレナのほうは、シランに対抗意識を燃やしてもいるようだが。

ぴしりと音を立てそうな勢いで、人差し指が突き出された。

「澄《す》ました顔をしていられるのも、いまのうちなんだから。力試しよ、シラン！　わたしの剣で吠《ほ》え面を……あいたっ⁉」

「馬鹿者。お客人の前で、なにをしておるか」

噛み付く少女の頭に、拳骨《げんこつ》が落とされた。

屈強な男性だった。


「まったく。もう少し落ち着きは出てこんものか」

うずくまった少女を置いて、彼女に拳骨を落とした人物がこちらを向いた。

他のエルフたちもただの村人とは思えないくらいにたくましいが、そのなかでも飛び抜けて屈強な男性だった。


「ようこそお越しくださいました、孝弘殿、真菜殿。わたしは、メルヴィンと申します。この村で長を務めておる者です」

村の長。つまり、リアさんの夫だ。呼びに行ってくれたリアさんの姿が、その隣にあった。

メルヴィンさんは精霊との契約こそできないものの、とても優秀な戦士なのだと、シランからは聞いている。頬《ほお》を深く抉《えぐ》った古傷が、村を守るこれまでの戦いを物語るかのようだった。

「我らの危難をお耳に入れて、このような辺鄙《へんぴ》な場所までお越しくださったと聞きました。感謝の言葉もありません。勇者様が訪れるには、ひなびた場所ですが、精一杯の歓待をさせていただきたいと思っております」

「ああ、そういうのはかまいません。こちらこそ、短い間ですがお世話になります」

つつがなく、メルヴィンさんとの挨拶《あいさつ》を終えた。

……途中、「ゆ、勇者様⁉ 勇者様の前で、わたし、なんて粗相《そそう》を……！」と青くなっている娘がいたが、あとでシランにフォローしておいてもらおうと思う。

あとは、度を過ぎた歓待は不要だということも、重ねて伝えておいたほうが無難だろうか。

そんなことを考えながら挨拶《あいさつ》を終えたおれは、一度その場を辞して、リアさんに頼んで融通してもらった空き家に案内してもらった。

荷物を降ろすと、リリィとシランのふたりだけを伴って、村長宅に向かう。

「わたしは幼い頃、この村に半年ほどお世話になっていたことがあるのです」

道中、シランから村での昔話を聞いた。

「ヘレナと知り合ったのは、そのときですね。よく剣の稽古《けいこ》の相手をしてもらっていました。懐かしいですね」

「シランの子供の頃か。どんなだったんだ?」

「……ん。そうですね。自分のことなので、はっきりしたことは言えませんが、思い返してみると、いまのケイに少し似ていたかもしれませんね。いいえ。もうちょっと子供っぽかったようにも思いますが」

「へえ。子供っぽいシランか。見てみたかったな」

そんな話をしているうちに、村長宅に着いた。

そこで夕食を振舞われたあとで、おれは村長夫妻を含めた村の面々に集まってもらった。

早速、群青兎の討伐《とうばつ》の打ち合わせをするためだった。

「それで、伯父様。状況はどのようなものなのですか」

「正直なところ、かなり厳しい。まだ幼い者だけでも、隣のケド村に避難させられないかという話も出ていたくらいだ」

「それほどですか……」

「村を放棄するつもりはないが、守り切れるとも思っておらんかった。あと半月、来るのが遅ければ、この村はなかったかもしれんな」

他の村々にもそう余裕があるわけではない。受け入れてもらえるだけの人数以外は、最後まで村を守って死ぬしかないと覚悟を決めていたのだという。

壮絶だが、これが樹海に生きるエルフたちの現実なのだった。

「では、すぐにでも動き出す必要がありますね」

討伐《とうばつ》の決行は明日から、数日かけて行われることになった。

シランは、村から10名ほどの人手を出すように要請した。

これは、おれにとって、少し意外なことだった。

「なあ、シラン。おれたちだけじゃ駄目なのか？」

おれが危惧《きぐ》したのは、留守にしている間の村の守りのことだった。

戦える村人を討伐作戦に引き抜くということは、村の防衛戦力が低下するということだ。これはあまり好ましい状態とは言えない。

群青兎は、樹海表層部のモンスターだ。そのなかでも弱い部類なら、十分におれたちだけで倒すことができる。なので、自分たちだけで討伐に向かうことを提案したのだが、シランは首を横に振った。

「いいえ。彼らは必要な戦力です」

「というと？」

「大繁殖したモンスターは、闇雲に狩ればいいというものではないのです」

　おれが首を傾げると、シランは説明をしてくれた。

「あまりにも一地域に生息するモンスターが多い場合、遭遇《そうぐう》したモンスターと戦う喧騒《けんそう》が、別のモンスターを引き寄せてしまう危険性があります。次から次へ、処理速度が追いつかなくなれば、あとはもう転がる雪玉のように、負債は膨《ふく》らんでいくばかりです」

「そうした状態に陥らないように、気を払う必要があるってことか」

「そういえば、先輩。わたしたちがこの世界に転移した直後にも、似たようなことがありましたね」

　ローズの近くにちょこんと座って作戦会議に参加していた加藤さんが、思い出したように話し掛けてきた。

「森を探索し始めたところ、どんどんモンスターが現れて、数十人のチート持ちでも支え切れなくなるところだったとか」

「ああ。まだ探索隊が結成される前の話だな。おれも聞いたことがある。あとで探索隊のリーダーになった中嶋小次郎が指揮を執《と》って、なんとか持ち直したって話だったたか」

あわや転移直後に全滅するところだったその事件が、探索隊の創設にも繋がっていくのだが、そこは余談である。重要なのは、群がってくるモンスターは、ときにチート持ちでさえ対処不可能な脅威《きょうい》となるということだ。

それでは、どうするのか。

みんなの視線が集まると、シランは指を立てた。

「方策はふたつあります。ひとつは、敵が次々現れても問題がないくらいの大軍勢で当たることです。前衛が敵を押さえている間に、後衛が雨あられと矢や魔法を放って叩き潰します。要は力押しですが、確実ではあります」

「処理すべき敵の数が多いのなら、処理能力自体を上げればいいってことだな」

おれの確認に、シランが頷《うなず》きを返した。

「そういうことです。ただ、今回これは使えません」

「だろうな」

その方法が結果を出すことができるのは、必要とされるだけの兵力が準備できた場合だけだ。中途半端に頭数を増やしたところで、むしろ下手に目立って敵が集まるのを速めてしまい、全滅しやすくなってしまう。アケルの軍や騎士団も、その必要な兵力を揃えるのが現状では難しいからこそ、事態を知っていても動けずにいるのだろう。

おれたちはといえば、エルフたちを合わせても10名そこそこしかいない。

頭数がまったく足りていなかった。

「そこで、ふたつ目の方策です」

シランが2本目の指を立てた。

「群れを離れている『はぐれ』を狙い、皮を剥《は》ぐように集団を削っていきます。重要なのは、群れの本体が気付く前に、迅速に『はぐれ』を倒して離脱することです」

「群れに気付かれないように……頭数よりも、精鋭が必要な方法ってことか？」

「はい。この場合、むしろ数が増えると、隠密行動が難しくなります。巣穴を掘って集団で暮らす群青兎は、餌を摂《と》る際には数匹単位で群れを離れるので、その数匹を即座に撃破できるだけの少数精鋭の戦力と、討ち漏らしなどに備えた最低限の援護で作戦を遂行します」

「少数精鋭の戦力か。おれたちだったらできると、シランは考えているんだな？」

「エルフの援護があれば、十分に可能かと」

ふむ、とおれは鼻を鳴らした。

シランがこう言い切るからには、この見立てには自信があるのだろう。

そこは信用することにして、おれは別のことを尋ねた。

「群青兎の繁殖地には、ほとんど足を踏み入れないわけだよな。ずいぶんと時間がかかりそうな作戦にも思えるが」

「はい。群青兎は広い範囲に巣を作りますから、外縁部から少しずつ数を減らしていくかたちになります」

「そんな悠長なことでいいのか？」

「ここは安全第一で進めましょう。それに、大繁殖した群青兎を、我々がすべて駆除する必要はありません。それは騎士団や軍の仕事ですから」

　おれの疑問に、シランは首を横に振った。

「幸い、群青兎は行動範囲がそれほど広くありません。村の近くの群れさえ除いてしまえば、当面の危険を凌《しの》ぐことは可能でしょう。時間さえ稼いでしまえば、紅玉熊の件を片付けた騎士団や軍も動き始めます。逆に、効率を求めて考えなしに突っ込むようなことはしてはいけません。あくまで求められるのは、慎重さなのです」

　シランのこの言葉に、開拓村のエルフたちは少し戸惑った様子だった。

　おれたち勇者が現れたことで、もっと劇的に状況が改善するものと期待していたのだろう。いくらなんでも慎重過ぎるように感じられたに違いなかった。

　けれど、そこで村長夫妻が口を開いた。

「よかろう、シラン。わたしたちはお前に従う。モンスター討伐《とうばつ》のことについては、同盟騎士団の副長としてチリア砦《とりで》で戦っていたお前が、一番よく知っているだろうからな」

「そうだね。わたしらが素人《しろうと》判断で口を挟んだところで良いことはないだろう」

　村の有力者である彼らが賛同したことで、それならばという空気になった。

戸惑いが不満に変わるのを未然に防ぐ、良いタイミングだった。

「さて。孝弘殿もこれでよろしいですか？」

リアさんは更に、おれに――というか、『勇者』に確認を取った。

このあたりは、いかにも如才《じょさい》ない。彼女の意図は読み取れたので、すぐに頷いた。

「おれに異存はありません。シランの提案なら間違いはないでしょうし」

「ということだ、シラン。あんたの思う通りにやると良い」

「ありがとうございます」

にこりと笑って、シランは続けた。

「ご安心ください。これは、勇者様が『昏《くら》き森』を攻略する際に利用されている方策でもありますから」

「そうなのか？」

ちょっと興味を惹《ひ》かれて、おれは尋ねた。

「ええ。『昏き森』は限られた土地に多くのモンスターを抱え込んでいます。勇者様の強大なお力があっても、対応し切れないほどに。そういった視点で見れば、わたしたちのいま置かれている状況と同じです。聖堂騎士団をはじめとした騎士たちが、勇者様に必ず随伴《ずいはん》する理由のひとつでもありますね」

「なるほど」

本来なら聖堂騎士が行う役割を、今回は村人たちがするわけだ。規模は小さいが、確かにやっていることは同じだった。

「それで、具体的にはどうするんだ？」

「まずは群れから離れた『はぐれ』の群青兎を探します。そのために必要な索敵ですが、これはわたしの精霊に任せてください」

答えたシランが、リリィに目配せをした。

この場で口に出すわけにはいかないが、リリィの嗅覚も頼りにしているということだろう。

了解とばかりに、リリィはウィンクを返した。

「あとは、伯母様も精霊を扱えるので、協力してもらおうと考えています」

「ああ。任せな」

「わたしはどうすればいい？」

メルヴィンさんが尋ねる。

「伯父様は村の守りを。帰る場所がなくなっては、どうしようもありませんから」

「むぅ。仕方がないか」

村長夫妻が両方とも村を留守にするわけにもいかない。

夫であるメルヴィンさんの肩を叩いたリアさんが、村のエルフたちに視線を向けた。

「わたしらはそれでいいとして……作戦に参加する村の連中はどうすればいいんだい？　弓が

得意な者を選抜してほしいと言われたから、こうして集めたわけだけれど」

「彼らには、周辺から別の敵が集まってきてしまったときに、それを迎撃してもらいます。後詰めの予備戦力ということになりますが、いざというときに備えた大事なお役目です。気を抜くことのないように、お願いします」

「村の危機だ。気を抜くような馬鹿はいないさ」

リアさんが請け負うと、村のエルフたちも表情を引き締めた。

この作戦に村の命運がかかっているのだから、気合も入ろうというものだろう。

そんな彼らを頼もしげに見たシランが、口を開いた。

「最後に主力ですね。これは、純粋に戦闘力の高い方にお願いします」

視線がこちらを向いた。

「リリィ殿、ローズ殿、それに、孝弘殿。お願いできますか？」

「……おれか？」

ここで、おれの名前が出るとは思わなかったので、少し驚いた。

「はい。わたしが前に出られればいいのですが……まだチリア砦《とりで》での怪我《けが》が治り切っておりませんので」

というふうに、シランはエルフたちに説明していた。

実際は、以前にも話をしてもらったことのある、デミ・リッチ化の影響のせいだ。

シラン曰く、バランスの崩れた体では、戦闘能力の低下と連戦への不安があるのだという。今回の作戦についても、彼女はなるべく直接戦闘を避ける方向で動くことで、事前に話がついていた。

もっとも、そこで自分に白羽《しらは》の矢が立つとは想像していなかった。てっきり、後詰めに回されるものかと思っていたのだ。

ひょっとして、エルフたちの士気を高めるために、勇者であるおれに、形だけでも前に出てほしいということだろうか。実際の戦闘は、リリィとローズに任せろということなら頷《うなず》ける。

そんなおれの思考を読んだのか、シランは微笑《びしょう》とともに首を横に振った。

「孝弘殿はお強いですよ。7体ものドラゴンを相手にできるような猛者《もさ》は、たとえ騎士のなかでもなかなかおりません」

「あれは……」

……ガーベラのお陰で不意を突けたことに加えて、アサリナとサルビアの助けがあったからだ。おれ自身の力じゃない。

と、言うわけにもいかず、おれは口籠《くちごも》った。

ドラゴンを7体も……と、村のエルフたちの囁《ささや》き声が聞こえた。

弁明の機会を逸《いっ》してしまった。

「自己評価が低いのは、孝弘殿の悪いところですね」

　おれは抗議の視線を送ったが、シランは微笑《ほほえ》みを返すばかりだった。

「そうは言うが……前衛で戦うのは、今回の作戦でも責任重大な役目だろう？」

「ええ。ですから、孝弘殿が適役だと言っているのです。いまのあなたなら、リリィ殿やローズ殿と肩を並べて戦えます」

「肩を並べて……」

　その言葉は、思った以上に強くおれの胸を突いた。

　足手纏《まと》いでしかなかった弱い自分。あの頃の自分を、おれは忘れていなかった。

「剣の師として、元同盟騎士団副長のこのわたしが保証します。自信を持ってください。あなたにならできます」

「シラン……」

　こうまで言われては、引き下がるわけにもいかない。

　腹をくくって、おれは頷《うなず》いた。

「わかったよ、師匠。引き受けよう」

06 群青兎討伐

翌日から、おれたちは森に分け入って、群青兎の討伐《とうばつ》を開始した。

討伐に参加しているのは、おれ、リリィ、ローズ、シラン、ケイ、リアさんに加えて、ラフア村から弓の得意なエルフたちが10名だ。ちなみに、シランの幼馴染のヘレナは不参加だった。彼女は剣ならそこそこうまく扱えるものの、弓はあまり得意ではないのだという。

森の案内は、リアさんをはじめとしたエルフたちが行ってくれた。

シランとリアさんの索敵に、こっそりとリリィの鼻を加えた三重の警戒態勢で、慎重に森を移動していく。

「そろそろ接敵します。準備はよろしいですか?」

「ああ」

「オッケー」

「問題ありません」

標的に近付いたあとは、主力を任されたおれたちの仕事だ。

鼻の良いリリィを先頭に、最後の距離を慎重に詰めていく。

「……見付けた」

抑えた声で、リリィが言った。

彼女が指差す先に視線を向けると、群青兎の姿が確認できた。

群青兎は、体長40センチメートルほどの、ウサギの姿をしたモンスターだ。焦げ茶色の毛並みの体には、ごつごつとした青い石がいくつも埋まっており、ややグロテスクな印象がある。

数は4匹。リリィがこちらに視線を向けた。

おれは頷《うなず》いて、ローズと一緒に駆け出した。

同時に、背後に残ったリリィの魔力の気配が高まった。

群青兎が、ぴくりと身を震えさせる。リリィの魔力を感じ取ったのだ。

だが、遅い。リリィはすでに魔法を発動させていた。

属性は風。性質は無数の鋭い刃。逃げる暇など与えない。

風が吹き荒れ、血飛沫《ちしぶき》と悲鳴があがった。

不意を打った先制攻撃は、狙い通りの成果をあげた。

だが、これで終わりとはいかない。

速度を重視して展開したリリィの魔法は、せいぜい第二階梯《かいてい》程度。おまけに、複数の標的を攻撃するために、範囲を広げてしまっており、威力が落ちている。群青兎の耐久性は、矮躯《わいく》の見た目通り、さほどではないが、致命傷《ちめいしょう》に至った個体は一匹もいなかった。

魔法の風が収まり、群青兎は不意打ちの衝撃から立ち直った。

その瞳《ひとみ》の奥に、敵意が宿る——その直前に、おれとローズは攻撃を仕掛けていた。

「ぉおおっ！」

「シィッ！」

あくまで先程のリリィの魔法は牽制《けんせい》だ。

距離を詰める時間を稼ぎ、体勢を崩して隙を作ることが目的のものだった。

本命はここからだ。

作戦の性質上、戦闘時間は最短で、可能な限り一撃で決めなければならない。

それを可能とするだけの力が、いまのおれたちにはあった。

剣が閃《ひらめ》き、斧が唸《うな》る。

おれの一刀が群青兎の首を刎《は》ね、ローズの一撃は埋まった石ごと兎の体を真っ二つにした。

これで残りは2体。

もちろん、敵もただやられてばかりではない。

飛び退って逃げた生き残りの2体が、それぞれ、おれとローズに鼻面を向けた。

次の瞬間、兎の体に埋まった青い石が光を発した。魔法陣が展開する。発動したのは、第一階梯《かいてい》の水魔法だ。水の弾丸が、おれの顔面を貫《つらぬ》こうとする。

「っ、ぐ！」

それを、前面に回した盾で受け止めた。

　どんと重い音がして、左腕に衝撃が伝わった。

　左半身がのけぞりそうになる衝撃を、おれは身を低くして右手を地面に突くことで堪《た》えた。

　盾の表面で、水の弾丸が砕け散った。魔法攻撃は防ぎ切った。だが、こちらが防御のために足をとめている間に、群青兎は更にうしろに跳び、距離を取ろうとしている。

　しかし、次の瞬間、その鼻面を拳大の石が打ち据えた。

「よし……っ」

　おれが地面に突いた手に装備した、ローズ謹製《きんせい》の手甲『アサリナの籠手《こて》』。そこに仕込んである地属性の模造魔石に魔力を流し込むことで、地面から石の弾丸を撃ち出したのだ。

　鼻面を打ち据えられた群青兎が、空中で体勢を崩して引っ繰り返った。

　追い打ちをかけようと、おれは地面を蹴った。

　けれど、すぐにその足をとめた。

　先んじて駆け寄ったローズが、振りかぶった斧を叩き付けていたからだ。

　おれに魔法を放った群青兎とは別の個体が、ローズを攻撃していたのだが、そちらはすでに倒されていた。

　視界の端でその光景を見ていたのだが、ローズは強烈な振り下ろしで水の弾丸を一刀両断にすると、敵を瞬く間に撃破していた。

　惚《ほ》れ惚れとするような豪快な一撃だった。

抵抗を正面から打ち破った振り下ろし。踏み込みに、身のこなし。それらすべてが、シランの指導によって、ローズが身に付けた技術に支えられていた。

リリィほどの飛躍は望めないものの、ローズも着実に成長しているのだ。おれも模擬戦ではいい戦いができるようになってきたのだが、まだまだ実戦では及ばない。

「差し出がましい真似をいたしました」

長大な刃を持つ大斧、バルディッシュをぐるりと振るって血糊《ちのり》を払うと、ローズはこちらにやってきた。

「いや。確実に仕留めなければいけないからな。さすがはローズだ」

「ご主人様こそ、見事な立ち回りでした」

生真面目に言ったローズの目が、おれの身に着けた手甲に向いた。

ふわりと雰囲気が緩《ゆる》んだ。

「お贈りした武具も使いこなしていただいているようですね」

表情はそれほど大きく変わらないが、とても機嫌が良さそうな雰囲気だった。

自分の作った魔法道具が役立っているのが嬉しいのだろう。

ローズのこうした純真なところは、見ていて微笑《ほほえ》ましい。そんなふうに思いながら、控えめな笑みを眺めていると、ふとローズがなにかに気付いた顔をした。

「おや、ご主人様。お顔が……」

「ん？　ああ」

頬《ほお》に手で触れると、ぬるりとした感触があった。

どうも返り血で汚れたらしい。

「あ。駄目です。お拭《ふ》きいたしますから、動かないでください」

エプロンの前ポケットからハンカチを取り出すと、手早くローズはおれの頬を拭《ぬぐ》った。

「お手を失礼します」

「ああ」

続いて、おれの手を取ると、返り血に不用意に触れたことで汚れてしまった指を、一本一本拭《ぬぐ》い始める。丁寧な手付きが、少しこそばゆかった。

そうしてローズが血を拭い終わったところで、からかい混じりにリリィが声をかけてきた。

「ほらほら、ご主人様、ローズ。いちゃついてないで、撤退するよ」

「ああ、そうだな」

戦闘の余韻で過敏になった精神を、良い具合に冗談でほぐしてくれようとしているのだろう。

少々気恥ずかしくも感じられたものの、その気遣いはありがたいものだった。

ただ、生真面目で不器用なローズは、その言葉を額面通りに受け止めてしまったらしい。覿《てき》面《めん》に狼狽《ろうばい》した。

「ね、姉様。わたしは、いちゃついてなど……！」

「いいからいいからー」

笑いながら、リリィはローズの抗議をあしらった。

その笑みが、どことなく意味深なものに思えて、おれは内心で首を傾げた。

「うふふー。いちゃついててもいいじゃない」

「ね、姉様……」

ローズはちらちらと、こちらを気にしていた。

さっきまで、あんなに豪快だった指先が、落ち着かなく侍女服のスカートをいじっている。

なんだかおれまで変な気持ちになってきてしまった。

さりげなく視線を外すと、リリィと目が合った。

「うふふー」

にこにこと笑う表情は、いかにも上機嫌なものだった。

気にはなったものの、いまは撤退が優先だ。言葉を交わす間も手をとめることはなく、おれたちは手分けして、倒した群青兎を回収した。

群青兎の肉は食用にできるし、体に埋まった石は顔料に加工できるからだ。

やるべきことを終えると、おれたちは速やかにその場を離れたのだった。

◆　◆　◆

エルフたちと合流したおれたちは、群青兎の生息地域から少し離れた場所に移動したところで、休憩を取ることにした。

「孝弘さん。これ、お水です。どうぞ」

腰を下ろしたところで、ケイが水筒を持ってきてくれた。

「ああ。わざわざ、ありがとう」

「いえ。お疲れ様でした」

柔らかい微笑《ほほえ》みが向けられた。

「順調ですね」

「ああ。シランから提案されたときはちょっと不安でもあったんだが、力足らずでなくてよかったよ」

「わたしは心配なんてしていませんでしたよ」

ふふっと無邪気にケイは笑った。

「姉様は、孝弘さんの強さを信頼して任せたんだと思います」

「そうかな。だとしたら、期待にそえるように頑張るよ」

おれも、笑みを返した。

「うしろのことは頼んだぞ」

「もちろんです」

ぐっと握り拳を作ってみせるケイの姿は、年相応《そうおう》に愛らしいものだった。

だが、そんな見た目とは裏腹に、この集団のなかでのケイの戦闘能力は、上位に位置するものだ。そもそも、同盟騎士団の騎士見習いだった彼女の戦闘能力が、平均的な村人より低いはずがないのだ。最近では、ロビビアとも仲良く訓練をしているようで、めきめきと腕を上げている。おれが『うしろのことは頼んだ』と言ったのも、決して口先だけのことではなかった。

「それじゃ、失礼しますね」

ぺこりと頭を下げると、ケイは少し離れたところで休憩を取る村のエルフたちのもとに戻っていった。

「……」

ああしてケイはこれまで通りに接してくれているのだが、その一方で、村のエルフたちには、畏《おそ》れ多いとばかりにちょっと距離を取られてしまっていた。

少し残念だが、自分の身の上を思えば、これは仕方がないことではある。

こうして行動を一緒にするうちに、少しでも打ち解けられればいいのだが……と思いながら、おれは渡された水筒の水を呷《あお》った。

ほんのわずかにだが、林檎《りんご》に似た果実の風味があった。風味付けに、わずかに果実酒を混ぜてあるようだ。直前に魔法で冷やしたらしく、爽やかな風味だった。

このあたりの開拓村では、樹海でよく育つ珍しい種類の果樹を育てているのだと、昨日の夕食の席で話を聞いた。ちょっと前にディオスピロで果実を使ったお菓子をみんなで食べたが、それにも使われていたナシシュの実だ。この果実は町に運ばれてそのまま食べられることもあるし、果実酒の形で、ときには帝国まで運ばれることもあるのだという。

いまは時期ではないが、いずれ生のものも食べてみたいものだ。

そんなことを考えつつ、喉《のど》を潤したおれは、ふうと息をついた。

群青兎の討伐《とうばつ》に手を付けてから、今日で4日目。作戦は順調に進んでいる。シランの進言に従って、危うげなく討伐できるタイミングを探して移動を繰り返し、十分な休憩を摂《と》り……と、慎重に事を進めているが、それでも100匹近い群青兎をこれまでに仕留めていた。

もちろん、こんなのは大繁殖した群青兎の群れの一部分に過ぎないが、村の近くまで溢《あふ》れつつあった群れに限っては、かなりの部分、押し返すことができたはずだった。

昨日までで、必要なだけの成果はすでに挙げている。これ以上は巣穴が密集している地域に足を踏み入れなければならなくなることもあり、討伐作戦は今日で終わりの予定だった。

最後まで気を抜かずにいなければ……と、気合を入れ直したところで、声をかけられた。

「お疲れ様です、孝弘殿」

精霊を従えたリアさんが、こちらに歩み寄ってきていた。

「シランが偵察《ていさつ》に出ましたから、その旨《むね》、お伝えしにまいりました」

「わかりました。おれになにかできることはありますか？」

「孝弘殿は休んでいらしてください」

リアさんは苦笑を零《こぼ》した。

「我らと違い、直接、群青兎と戦っていらしたのですから。お疲れでしょう」

「これくらいなら、どうってことありません。シランのほうが、余程大変ですよ」

シランはこの討伐《とうばつ》作戦で、襲撃《しゅうげき》可能な群青兎を探し出す斥候《せっこう》の役目を買って出ていた。

精霊を利用したシランの索敵能力は、やや融通が利かないところがあるものの、純粋に敵を感知することにかけては非常に優れている。また、体に多少の問題を抱えているとはいえ、依然として戦闘能力はローズと同程度のレベルを保っており、樹海での単独行動が可能だった。

デミ・リッチ化に伴う戦闘能力の低下と、連戦への不安から、いざというときを除いて直接戦闘はしないことになっているものの、それ以外の面で十分に活躍しているのだからたいしたものだ。それを思えば、大変だなんて言っていられなかった。

「おれは大丈夫ですから、リアさんたちこそ、十分に体調に気を配ってください」

気遣いはありがたかったが、どちらかといえば、樹海で長く過ごしていたことのある自分のことよりも、村のエルフたちのほうが心配だった。

「樹海に踏み入ることは、ただそれだけでも精神を削ります。調子が悪ければ、すぐに言って……どうしました？」

「いえ。本当に、シランやケイの言っていた通りの方なのだなと思いまして」

口元に手を当てて笑うリアさんの言葉に、おれは頬《ほお》を掻《か》いた。

「シランたちが、なにか言っていましたか？　悪いことでなければいいんですが」

「まさか。強くてお優しい方なのだと褒《ほ》めておりましたよ」

「……助けてもらってばかりですよ、おれは」

「そんなことはありません。少なくとも、シランたちはそうは思っていないようでした」

苦笑混じりにおれが言うと、リアさんはかぶりを振った。

「ケイはあなたに憧れているようです。大事なもののために戦う術を身に付ける。そんなあなたの姿を、眩《まぶ》しいものだと言っていました。そうした感情は、あの子にとって、良い方向に働いているように思います」

リアさんは、視線を森の木立の奥に向けた。

「シランもそうです。まさかあの子が、自分が剣を捧げるべき勇者に出会っているとは思いませんでした」

「……剣を捧げる？」

どこかで聞いたような言い回しだと思った。

記憶を探って、思い当たった。

あれは、そう。チリア砦《とりで》の最寄《もよ》りの開拓村での出来事だった。

――孝弘殿は、我ら騎士がどのような存在かご存知でしょうか？

宿屋の部屋で、団長さんから言われたのだ。

――我らが己の剣を捧げるのは、ただ正義の理念と弱者の救済に対してのみ。それはつまり、この世界では救世の勇者という存在に集約されます。

――無論、騎士にもそうではない者もおります。己の栄達《えいたつ》が第一という者も、堕落した者もいれば、昨今では、血に飢《う》えた戦闘狂さえいると聞きます。しかし、シランはそうではありません。

――あれは騎士です。それを、どうか孝弘殿には覚えておいていただきたいのです。

怖いくらいに真剣な面持ちで、団長さんは言ったのだった。

――どうか、これからもシランをよろしくお願いします。孝弘殿。

そう頼まれたのを覚えている。

……戸惑ったことも、また。

今更確認するまでもなく、シランは高潔な騎士だ。

揺るがぬ信念を持ち、しっかりと自分の為すべきことを見据えている。

自分は騎士だという自負と誇りが、強固な芯として彼女を強く立たせているのだろう。

弱みを見せたのなんて、せいぜい、団長さんが拘束《こうそく》されたときくらいのもので、それだってすぐに立ち直っていた。

そんな彼女に、おれなんかが力になれるようなことがあるのかどうか。

そもそも、おれは勇者ではない。

真島孝弘は、英雄にも怪物にもなれない。

リアさんは知るはずもないが、剣を捧げられるに値するような存在ではないのだ。

ただ、だからといって、団長さんに言われたことを忘れたことはなかった。たとえ、おれが勇者ではないとしても、シランが大事な仲間であることに変わりはないのだから。

「……おや」

リアさんがぴくりと身を震えさせた。

「シランが帰ってきたようですね」

シランと同じく精霊使いである彼女は、シランのいない間、周囲を警戒してくれている。

程なくして、シランが現れた。

「次の標的が見付かりました。移動をお願いします」

シランの報告に、おれたちはすぐに腰を上げた。

07 アクシデント

折角、シランが見付けてきてくれた標的だ。もたもたしていて機を逃すわけにはいかない。

シランの先導に従って、おれたちは速やかに移動した。

幸いなことに、標的はシランが見付けた場所から、さほど移動していなかった。

「リリィ殿、あとはお願いいたします」

「オッケー」

リリィが頷《うなず》いて、先頭を代わった。

エルフたちのもとを離れて歩き出した彼女のあとに、おれとローズが続いた。

そうして、遠目に3匹の群青兎を確認する。先程よりも少ない。攻撃を仕掛けるのに、特に問題もなさそうだった。

これまでと同じように、リリィがこちらに顔を向けた。

これまでと同じように、おれは頷いて、ローズと一緒に駆け出した。

これまでと同じように……ここまで、討伐は順調だったのだ。

けれど、ここは樹海だ。魔境と呼ぶべき土地であり、一秒先になにが起こるかわからない。

事が起こったのは、駆け出したおれの背後でリリィの魔力の気配が高まり、群青兎がこちらに気付いた直後のことだった。

「……これは⁉」

動揺も露《あらわ》なリアさんの声が、耳朶《じだ》を打った。

おれは反射的に振り返った。けれど、森のなかは見通しが利かない。数人のエルフの姿は見えたものの、リアさんの姿は見えない。ただ、声だけが届いた。

「べ、別のモンスターの気配が……⁉」

「……っ！」

状況を理解するには、それだけで十分だった。

リアさんには、精霊による索敵能力が備わっている。

標的にしていた以外のモンスターがこちらに近付いてきていることを、感知したのだろう。

エルフたちの間に、動揺が広がるのが見て取れた。

突発的な事態に浮き足立ってしまったのだ。

事前の作戦会議では、モンスターとの不意の遭遇《そうぐう》は、可能な限り回避することになっていた。こんなタイミングでもなければ、おれたちは速やかにこの場を去っただろう。実際、そういう場面は、ここ4日で何度となくあった。

だが、今回はそうはいかなかった。

標的にしていた群青兎は、すでにおれたちの存在に気付いている。逃げようとすれば、当然、追い縋《すが》ってくるだろう。戦闘は避けられないし、足留めを喰らうのは必至だった。

そうなれば、こちらに近付いてきているという別の気配の主も、同時に相手にすることになりかねない。殲滅《せんめつ》は可能だろうが、エルフたちの間に被害が出る可能性があった。それどころか、もたついていれば、更に別のモンスターにも気取《けど》られてしまうかもしれない。

と、おれがそこまでをこの一瞬で考えられたのは、こうした事態もありえると考えていたからだった。

心構えはしていた。だから、それに対処することも可能だった。

「そのままやれ、リリィ！」

「うろたえるな、弓を構えろ！」

おれとシランの声が交錯《こうさく》した。

指示を下した相手は別だったが、判断は同じだった。

主力がこのまま標的に攻撃を仕掛ける一方で、後詰めのエルフたちは新手を抑えておき、その間に、主力は速やかに標的を殲滅《せんめつ》して取って返すのだ。

この程度のアクシデントは、想定内だ。動揺さえしなければ、対処は十分に可能だった。

そして、少なくともリリィたちに動揺はなかった。

「了解！」

指示に従い、リリィが速やかに風魔法を発動させた。

吹き荒れる風が、群青兎の自由を奪った。

そこに突入したおれとローズは、焦ることなく一匹ずつ、着実に敵を倒した。

残った一匹が、魔法を発動させた。

狙われたのはローズだった。

それを確認した時点で、おれは踵《きびす》を返していた。ローズなら、確実に残った群青兎を倒してくれる。だったら、おれはエルフたちのフォローに回るべきだ。

リリィもすでに、同じ判断を下していた。エルフたちのもとに駆ける背中が見えた。

この間、10秒もかかっていない。

だが、すでに敵は姿を現していた。

エルフたちの見詰める先、茂みを突き破って現れたのは、傷付いた群青兎。

そして、逃げる兎のあとを追う、赤い毛並みの大熊だった。

「グァアォオオ！」

咆哮《ほうこう》とともに、熊の全身から紅の炎が吹き出した。

初めて見るが、この大熊こそが、近辺で被害が増えていると話に聞く『紅玉熊』に違いない。

どうやらおれたちは、逃げる群青兎を紅玉熊が追い掛けている場面に行き遭ってしまったらしかった。

どれだけ慎重にやっていても、アクシデントは起こりうるということだ。

けれど、慎重にやっていればこそ、そうした際に対処もできる。

「放て！」

シランの号令に従って、エルフたちがつがえた矢を一斉に放った。

放たれた矢が、先行していた3匹の群青兎に降りかかり、走る速度を鈍《にぶ》らせる。

さらに一拍遅れて、ケイが魔法陣を展開した。

「……行きます！」

冷静に狙いを定めて、生成した氷の槍《やり》を撃ち出す。先頭を走っていて、矢傷を一番多く受けていた個体の胸を、魔法の氷槍が見事に貫《つらぬ》いた。

そうする間に、リリィがエルフたちのもとに辿り着く。

「あとは頼みました、リリィ殿！」

入れ替わりに、シランが敵に突っ込んだ。

向かった先は、後続の紅玉熊だった。

この辺りの地域では、紅玉熊は強力なモンスターとして知られている。接近されてしまえば、村のエルフたちに被害が出かねないと判断したのだろう。シランは先制の水魔法をぶつけて突進する熊の勢いを殺すと、正面からその巨体と対峙《たいじ》した。

その一方で、矢傷を負った群青兎は、矢を放ったエルフたちを標的に定めていた。

群青兎が水の弾丸を放ち、駆け付けたリリィの黒槍が迎撃した。

「やぁあ！」

風の魔法を纏《まと》わせた穂先が、危うげなく2発の水の弾丸を砕いた。

「ここは通さないよ」

啖呵《たんか》を切ったリリィは、ひゅんひゅんと音を立てて、愛用の槍《やり》を振り回してみせる。

なにを言っているのか理解したわけでもないだろうが、ここは抜けないと、群青兎のほうも気付いたのかもしれない。一旦、距離を取ろうとする。

そこに、おれは突っ込んだ。

「おおおっ！」

依然《いぜん》として、あまり時間をかけていられない状況に変わりはない。

可及的《かきゅうてき》速やかに、敵を排除する必要があった。

幸いなことに、リリィが守ってくれている以上、エルフたちの安全を気にする必要はまったくない。おれは、目の前の敵に集中することができた。

脇から突っ込んだおれに気付いて、近い側にいた群青兎が、攻撃から逃れようと地面を蹴った。だが、これなら届く。深く踏み込み身を低くして、掬《すく》い上げるようにして剣を斬り払った。

切っ先が胴を裂いた。これで、まずは一匹。

「――うっ⁉」

直後、もう一匹が襲い掛かってきた。

こちらの攻撃の隙《すき》を突いた反撃だ。体に埋まった蒼《あお》い石が光を宿し、至近距離で水の弾丸が生成される。振り払った直後の剣を戻すだけの時間はない。タイミング的に、防御するほかなかった。

この至近距離では、盾で防御したところで、大きく体勢を崩されるだろう。

そうなれば、追撃を喰らってしまうかもしれない。

「おぉおお！」

それがわかっていたから、おれはむしろこちらから前に出た。

同時に、盾を装備した左腕を払う。

その、ほんの一瞬だ。わずかな間だけ、魔力を全開で駆動させた。

自分の奥底から汲《く》み上げるのは——かつて狂獣との死闘で得た力。本来なら、おれ程度には許されない勢いで、魔力が奔流《ほんりゅう》のように左腕を駆け巡る。

そうすることで再現されるのは、樹海深部最強の白い蜘蛛《くも》の暴虐だ。

「あぁぁあ——ッ！」

ともすれば、体を内側から弾けさせてしまいそうな力を無理矢理捻《ね》じ伏せるようにして、眼前の敵にぶつけた。

盾にぶつかった水の弾丸が、単なる水の塊のように砕けた。

その向こうにいた群青兎の肉体もまた、ほとんど抵抗なく砕けた。

軌道にあったものをすべて砕いて、左腕が停止する。

鎧袖一触《がいしゅういっしょく》。

「っ、はぁ――……」

おれは大きく息をついた。

一撃の勢いで崩れた体勢を整えながら、自分の状態を確認する。

以前にこの力を使ったときには、体力と魔力のほぼすべてを持っていかれたものだが、今回の消耗《しょうもう》は大したことなかった。訓練の結果、『白い蜘蛛《くも》の暴虐』の力を、ほんの一瞬だけ再現することができるようになったためだ。

これなら、十分に戦闘でも使い物になるだろう。

ただ、そうした判断とは別に、おれはかすかに眉を顰《ひそ》めていた。

ガーベラの怪力の再現率は、これで3割と言ったところだろう。アサリナの補助ありなら6割。それが、現状での限界だった。

また、じくじくとした痛みが、左腕から這《は》い上がってきていた。

戦っている最中《さいちゅう》に、そう何度も使えるものではない。単発ではなくなっただけマシだが、使いどころをよく考える必要があるだろう。

ともあれ、おれは手早く自身の状態を把握《はあく》すると、残る戦いに視線を向けた。

シランと紅玉熊との戦いが、丁度、終わるところだった。

「ガァアア！」

少し目を離していた間に、紅玉熊は満身創痍《まんしんそうい》になっていた。

「はぁああ！」

対するシランは、無傷でいた。

いまも、咆哮《ほうこう》とともに繰り出された剛腕の振り下ろしを、危うげなく盾で防いでみせる。

シランには、熊の一撃を正面に立って受け流せるだけの技量と胆力《たんりょく》があった。

紅玉熊の怪力は、本来ならそんな小手先《こてさき》の技術ごと敵を破壊できるはずだが、契約精霊による身体能力強化の魔法を受けたシランの膂力《りょりょく》は、そんな理不尽を許しはしない。

ただし、紅玉熊の攻撃手段はそれだけではない。

毛皮から漏れる炎で近くにいる敵に火傷《やけど》を負わせるのが、紅玉熊の厄介《やっかい》なところなのだ。

しかし、現在、その能力はまともに機能していなかった。紅玉熊の毛皮が発する炎を、その身に纏《まと》わりつく水のヴェールが抑えていたからだ。

それは、火属性のモンスターに対する、弱体化の魔法だった。

話に聞いたことはあったのだが、見るのはこれが初めてだ。

というのも、こうした弱体化の魔法というのは、効力を及ぼしている間、他の魔法を使えないものなのだ。

魔法使いが魔法を使えなくなれば、たとえ敵を弱体化させたところで、どうしようもない。

魔法戦士タイプであれば、選択肢としてなくはないが、これもまた、目の前の戦い以外の余計なところに注意を割く必要が出てきてしまう。

また、彼我《ひが》の魔力量に差があると、この手の魔法は通用しないことも多い。よって、弱体化の魔法が使えるような場面は、前衛と後衛にきっちり分かれての集団戦闘に限定されてしまうというわけだ。そもそも、魔法自体使える人間がそれほど多くはないのに、使い道が限られているとなれば、弱体化の魔法を習得するような人間というのは、輪をかけて少なくなって当然だろう。

実際、紅玉熊に弱体化の魔法を使っているのは、リアさんの契約精霊だった。

精霊であれば、契約主が習得していない魔法も扱える。そして、こうした場面では、使い道の限られる弱体化魔法も、十分に威力を発揮するようだった。

「はぁあ!」

抵抗の術を失った紅玉熊の喉元《のど》に、シランの剣が吸い込まれた。

太い頸《くび》に深々と突き刺さった剣が、獣の命を断ち切った。

げぼっと吐き出された血液が、懐《ふところ》に入り込んだシランに、頭から降りかかった。

それが、紅玉熊にできる最後の抵抗だった。

血を撒き散らしながら、熊の巨体がどうと倒れた。

エルフたちの間で、歓声があがった。

必要があれば加勢しようと身構えていたおれも、見届けて剣を降ろした。

ほっと胸を撫《な》で下ろした。少しひやりとした場面はあったものの、終わってみれば被害もない。無事に乗り切ることができたようだ。

「ご主人様っ」

もはや危険はないと判断したのだろう。エルフたちの守りを離れたリリィが、小走りにこちらにやってきた。そのうしろには、ローズの姿もある。

「怪我《けが》はない？」

「ああ」

気が緩《ゆる》みそうになるが、ここは樹海だということを思い出す。

警戒心を維持するように心掛けながら、おれは答えた。

「大丈夫だ。ちょっと腕が痛むくらいで……いや。治療はあとでいい」

回復魔法をかけようとしてくれたリリィの気遣いを断って、おれは指示を出した。

「ふたりも怪我はないな？　よし。撤収だ」

今回は戦闘にこれまでの倍以上の時間をかけてしまったし、交戦そのものの喧騒《けんそう》も大きかった。この場に長く留まれば、敵が群がってきてしまう可能性があった。

これまで大した危険もなく討伐《とうばつ》を行ってこれたのは、こちらに有利な条件で、余力を持って行動してきたからだ。さっきのような不測の事態に対処できたのも、その余裕があったからにほかならない。

あくまでも慎重に。それを忘れてはならなかった。

「紅玉熊の死骸は持って帰れそうにないから……ふたりとも、群青兎の回収を頼む」

「りょーかい」

「承知しました」

これで、リリィたちについてはいいだろう。あとは、エルフたちのほうだ。

そちらに指示を出すのは、おれよりシランにやってもらったほうがいい。

そう思って、おれはシランに目を向けた。

眉が寄った。

紅玉熊を見事、討ち果たした彼女が、その場で立ち尽くしたままでいたからだ。

「……シラン？」

どうかしたのだろうか、と疑問に思った。

特徴的な白い鎧《よろい》姿は血で真っ赤に染まっているものの、あれは紅玉熊の吐き出した血を浴びただけのことで、怪我《けが》をしたわけではないはずだ。

だが、シランは動かない。剣を握った自分の手を見下ろして、まんじりともせずにいた。

エルフたちも、なにか変だと気付き始める。

その視線の先で、ふらりと頼りなく少女の体が揺れた。

「シラン⁉」

騎士の剣が地面に転がり、シランはその場に膝《ひざ》をついた。

「ど、どうした？」

エルフたちから悲鳴があがるなか、おれは慌ててシランのもとに駆けつけた。

血に濡れた地面が、足の下でびちゃりと粘着質な音を立てた。

吐き気がするほど濃密な血の臭いと、獣の臭いとが鼻を突いた。

かまわず、おれはシランの肩を支えた。

「孝弘殿……」

返ってきた声には、うわ言めいた響きがあった。

とはいえ、それだけではなにもわからない。状態を確認するために、おれはシランの顔を覗き込んだ。

そして、ぞくりとした。

「たか、ひろ……どの……」

別に、なにかがあったわけでもなかった。

ひとつ残ったシランの碧眼《へきがん》が、おれの姿を映し出していただけだ。

睨《にら》まれたわけでもなく、むしろ、こちらを見返す目は、どことなくぼんやりとしていた。

それなのに、まるでありうべからざるものを目の当たりにでもしたように、おれは凍り付いてしまっていたのだった。

理由はわからない。ただ、本能的に体が反応したとしか、言いようがなかった。

おれが凍り付いていたのは、数秒のことだっただろう。

「……いえ。なんでもありません、孝弘殿」

シランの声が耳朶《じだ》を叩いた。

はっとするおれを、凛《りん》とした眼差《まなざ》しが見返した。

「ご心配をおかけしました」

その声には、彼女特有の芯が戻っていた。

そこにいるのは、普段のシランだ。先程の奇妙な感覚は、もはやない。

最初からそんなものなどなかったかのように、消え去ってしまっていた。

「ああ、これは……さすがに、少し不快ですね」

獣の血で汚れた自分の姿を見下ろして、シランがつぶやいた。

「少し下がってくださいますか、孝弘殿。濡れてしまいますから」

そう断ったうえで、手元に魔法陣を展開させる。直後、頭上に水の玉が生成された。

呆けていたおれは、一拍遅れて、その場から一歩下がった。

同時に、水の塊が重力に引かれて落ちた。

ばしゃりと音を立ててシランの頭に落ちた水が、彼女の体を伝って地面に広がった。

服に染みた血液は別として、鎧《よろい》に付着した血液は、それで大方が洗い流された。

濃厚だった血の臭いが少し薄れた。

「……これでよし、と」

軽く頭を振って水を払い、シランは立ち上がった。

そうした動作も、しっかりしていた。

おれは狐《きつね》につままれたような気持ちで、そんな彼女の姿を見詰めた。

そこに、少しおろおろとした様子のリアさんと、顔色を悪くしたケイが駆け付けた。

「だ、大丈夫なのかい、シラン」

「姉様！」

「伯母様。それにケイも……ええ。問題はありません」

振り返ったシランが、ふたりに苦笑を返した。

「血の臭いに、少し気分が悪くなってしまいました」

「そ、そうなの？」

「ああ。なるほど。それも仕方ないね」

戸惑った様子でケイが尋ねて、リアさんは獣と血の臭いを意識したのか鼻筋に皺《しわ》を寄せた。

シランは頭を下げた。

「ご心配をおかけしました」

「いや。そんなのはいいんだよ」

リアさんは相好《そうごう》を崩した。

「ああ、よかった。わたしはもう、心臓が停まるかと思ったよ」

胸を撫《な》で下ろした様子だった。

けれど、おれはどうにもリアさんのように、安心する気にはなれなかった。

地面に転がった剣に手を伸ばすシランの姿を、注意深く見詰める。無理をしているのではないかと思ったのだ。しかし、その様子はなさそうだった。

「……本当に大丈夫なのか？」

「ええ。先程、言った通りです」

その返事もまた、普段となんら変わりない。

「移動しましょう、孝弘殿。次に備えなければ」

提案する物腰にも、不審な点はなかった。

けれど……。

「いや。今日はここまでにしておこう」

おれは首を横に振って、その提案を拒んだ。シランが眉を寄せた。

「孝弘殿？　わたしの体調のことなら、大丈夫ですが」

「駄目だ」

と返してから、付け加えるように言った。

「不安が少しでもあるのなら、中止したほうがいい」

リアさんに視線を向ける。

「当初の目的は、かなりの部分、すでに達成されているはずです。無理をすることはないと思いますが、どうでしょうか？」

「それは……そうですね」

強い口調でおれが言うと、戸惑った様子ではあったものの、リアさんは頷《うなず》いた。

村側の代表者の同意を得て、おれはシランに視線を戻した。

「孝弘殿……」

抗議の視線が向けられるが、おれは首を横に振った。

「さっきみたいなことがあったんだ。自覚していないだけで、疲れがあるのかもしれない。今日はここまでにしておこう」

「……わかりました」

おれに退《ひ》くつもりがないとわかったのだろう。シランは視線を伏せた。

「村に戻りましょう」

◆　◆　◆

「ちょっと強引だったかな」

村での滞在のために融通してもらった家屋の一室で、おれは小さくつぶやいた。

予定より早く村に帰ったために、なにかあったのかと訝《いぶか》るガーベラたちに、事情を簡単に説明したあとの出来事だった。

あぐらを掻《か》いたおれの足の上では、あやめが満足げに寝息を立てている。

また、外では窮屈な思いをさせていたアサリナも、彼女なりに自由を満喫していた。おれの左腕に緩《ゆる》く巻き付いて、ハエトリグサ状の頭を肩口に押し付けてくるのは、かまってくれと言っているのだろう。

甘えるアサリナをあやしていると、ちらちらとあやめとアサリナを気にしながら話を聞いていたロビビアが、不思議そうに口を開いた。

「だけど、孝弘。シランは体調悪そうだったんだよな」

ひょいと手が伸びてきて、おれの服の裾《すそ》を引っ張った。

「別に、孝弘は間違ってねえだろ」

「妾《わらわ》も同じ意見だな」

蜘蛛《くも》脚を背もたれにさせる形で、おれと寄り添っていたガーベラが口を挟んだ。

「ちょっと前に、リリィ殿から相談があったと思うが……ほら、深夜の見回りの件だ。あの娘には無理をしがちなところがある。多少強引にとめてやることも、ときには必要なのではないかの」

そこまで言ってから、ガーベラは不審そうな顔つきになった。

「というか、主殿もそう思ったから、切り上げて帰ってきたのであろ？」

「……そうだな」

おれは曖昧《あいまい》に頷《うなず》いた。

ガーベラたちの言っていることは、正しかった。

シランのために、おれがしてやれることはそう多くない。

彼女は高潔な騎士で、しっかりとした芯を持っている。頑張り過ぎてしまうことは、そんなシランの持つ数々の美点の裏返しであり、唯一の欠点と言っていい。

そこを気遣ってやるくらいしか、おれにはできないのだ。

だからこそ、それだけは気を付けてやろうと決めていた。

これまでもそうしてきたし、今日もそうした。

できることはやっている。そのはずだ。

だけど、なぜだろうか。胸の奥底に、奇妙なしこりのようなものがあった。

なにかを取り違えているような気持ちの悪さがあった。

膝《ひざ》をついたシランの顔を覗き込んだときに感じた、正体不明の感覚を思い出す。あれが、どうにも引っ掛かっていた。

そもそも、どうしておれは、今日の討伐《とうばつ》を切り上げたのか。

それは、シランが無理していると考えたからではなかった。

そんなことを考える前に、おれは口を出していた。そうしなければならないと感じて、衝動的に動いたのだ。ちょっと強引になってしまったのは、そのためだった。

あのときに感じていたのは、気遣いよりも、むしろ危機感であったようにも思う。

だけど、その正体がどうにも見当付かない。

もやもやとしたものを抱え込むしかなかった。

それがいったい、なんだったのか。

すべてを理解したのは、家を抜け出すシランの姿を見付けた、その夜のことだった。

08 村人との交流

おれはリリィと村を散策していた。

以前なら、言葉の通じないおれたちだけで歩き回ることはできなかったが、いまはローズによって『翻訳の魔石』の模造品が作られている。話し掛けられても問題はない。村の景色を眺めつつ、ゆっくりと歩いていると、威勢の良い啖呵《たんか》が聞こえた。

「勝負しなさい！　腕試しよ！」

聞き覚えのある声だ。足を向けると、ヘレナに捕まっているシランの姿があった。

シランは、ほんのりと困り顔だ。

対するヘレナには、どことなく必死なふうがあった。

「あ。孝弘さん」

彼女たちの傍でおろおろしていたケイが、目敏《めざと》く気付いて、こちらに駆け寄ってきた。

「なにかご用ですか？」

「いや。特にそういうわけじゃない。散歩をしていたら騒ぎが聞こえたんで、来てみたんだ。

あれはどうしたんだ？」

「聞いての通りです」

ケイは苦笑いを零《こぼ》した。

「ヘレナさんが、姉様にかまってもらいたがっていて」

「ああ。やっぱりあれは、そういうことなんだな……」

「討伐《とうばつ》にも連れて行ってもらえなかったですし、わたしたちは、明日には村を出る予定じゃないですか。いましかないと思ったんだと思います。ヘレナさんは、姉様に認めてもらいたがっていますから」

ケイから簡単に説明をしてもらっている間に、困り顔のシランと目が合った。

眼帯で半分隠れた顔に、なにか思い付いたふうな表情が浮かんだ。

「わかりました、ヘレナ。では、こうしましょう」

シランがヘレナに向き直った。

「先程から言っているように、いまのわたしは、あまり無理が利きません。なので、わたしが推挙する方と、代わりに模擬戦をしてみませんか」

「代理を立てるってこと？」

「はい。その方に勝てば、わたしは負けを認めましょう。逆にヘレナが負ければ、アドバイスをしてあげます。どうですか」

ヘレナは黙り込んだ。少し考え込む様子を見せる。

「……わかったわ」

数秒後、ヘレナは頷《うなず》いた。

意外と聞き分けが良い。ひょっとすると、本人も退《ひ》くに退けなかっただけのことで、さっきから自分が無理を言っていることは、わかっていたのかもしれない。

「それで、誰が相手になるの？」

挑戦的な物腰はそのままに、ヘレナは尋ねた。

にこりと笑ったシランが、もう一度こちらを向いた。

「孝弘殿、お願いできませんか？」

「かまわないが」

そう来そうな気はしていたので、おれは特に驚くことなく頷いた。

ちょっとシランの考えは読めないが……まあ、彼女のことは信頼している。悪いことにはならないのだけは確かだろうから、そこは心配していなかった。

驚愕《きょうがく》したのは、当事者であるヘレナだった。

「わ、わたしに勇者様とやれって言うの⁉」

完全に蒼褪《あおざ》めてしまっていた。

というか、いまのいままで、おれがここにいること自体、気付いていなかったらしい。

狼狽《ろうばい》具合が半端ではなかった。

「怪我《けが》でもさせてしまえば、大変なことじゃないの。シ、シラン。あなた、ひょっとして、わたしを無礼打ちにさせるつもりなんじゃ……？」

「いえ。そんなつもりは」

シランはかぶりを振ってから、首を傾げた。

「と言いますか、孝弘殿はお強いですよ。怪我《けが》をさせられるとは、強気ですね」

「そ、そそそ、そういう意味じゃないってば！」

これもまた、無礼に当たりかねない発言だと思ったのか、ヘレナはますます表情を引き攣《つ》らせた。シランにはまったく悪気はないのだが、ひとりで追い詰められているかたちだった。さすがに、ちょっと可哀想になってくる。

「大丈夫ですよ、ヘレナさん。孝弘さんは、無礼打ちなんてしません」

見かねたのか、ケイが口を挟んだ。

「というか、わたしも孝弘さんとは訓練していますし」

ケイとしてはフォローをしたつもりだったのだろう。けれど、ヘレナには割と本気で余裕がなかったらしく、振り返ると叫び返した。

「それは、あなたが孝弘様のお妾《めかけ》さんだからでしょう⁉」

「お、おめ……っ⁉」

瞬く間に、ケイの頬《ほお》が薔薇《ばら》のように染まった。どこかで見たような光景だった。

なんの因果か、ここでもそういう誤解になっているらしい。これは、おれも初耳だった。

「だ、誰がそんなことを……⁉」

「みんな！　みんな、そんな話をしてるもの！　わたし、聞いたんだから！」

「い、いつの間に、そんなことに……」

赤い顔のままケイが周りを見回すと、周囲のエルフたちは一斉に視線を逸《そ》らした。

「いえ。その……ケイ様があんまりに親しげに勇者様と接してるもので」

「勇者様とそんなふうになるなんてめでたいことだって、みんなで話をしてたんですが、違うんですかね？」

考えてもみれば、同じ転移者である加藤さんや、人前にあまり出ないロビビアあたりを除けば、おれのことを「孝弘さん」と呼ぶケイの距離は、傍目にも近い。

少なくとも、勇者と従者という雰囲気ではない。村人たちの願望も大いに影響しているのだろうが、そうした誤解が生まれるのは、仕方のないことなのかもしれなかった。

ぱたぱたとケイは手を振った。

「ち、違います！　わたしは、孝弘さんのお妾さんなんかじゃないです！」

言ってから、はっとした様子でこちらを振り返る。

「あ。いえ。いまのは、孝弘さんのお妾さんが嫌というわけじゃなくてですね……」

「そんなのどうでもいいのよ！」

そこでヘレナが癇癪《かんしゃく》を起こした。

涙目で「どうでもよくないですー……」と、ぼやくケイを無視して、シランに告げる。

「とにかく、シランは孝弘様と模擬戦をしてみろっていうのね」

「ええ。孝弘殿なら適任ですから。それに、彼はわたしの剣の弟子でもあります」

むむっとヘレナは唇を曲げた。

明らかに、『剣の弟子』という台詞《せりふ》に反応した様子だった。

それがきっと、決め手だったのだろう。

「わ、わかった。やればいいんでしょ」

まだ気後《きおく》れした様子ではあったものの、ヘレナは頷《うなず》いた。

シランは満足そうに笑みを深めた。

「納得してもらえてよかったです」

「……ふ、ふん。余裕ぶっちゃって」

微笑《ほほえ》むシランを見て、少しヘレナが調子を取り戻した。

これはこれで、良い友人関係なのかもしれない。

笑うシランに人差し指を突きつけて、ヘレナは宣言した。

「見てなさい、吠《ほ》え面かかせてやるんだから！」

「それは、直接戦う孝弘殿に言ってください」

「言えるわけないでしょー！」

◆◆◆

結論から言えば、ヘレナはかなり強かった。

軽戦士とでも言えばいいのだろうか。剣筋は鋭く、踏み込みは速く、足運びは軽い。速度だけなら、おれよりも少し上だったかもしれない。その分、軽い彼女はおれの攻撃を受け止めるだけの腕力を持たなかったが、それでもかなり長いこと喰い下がってみせた。

最後には、体力の消耗《しょうもう》から降参することになったものの、おれとしても満足のいく訓練内容だった。

……大変だったのは、そのあとだった。

見物をしていたエルフたちのなかから、訓練への参加を希望する者が現れたのだ。

顔に見覚えがあった。群青兎の討伐《とうばつ》に参加していた村人たちだった。

どうしたものかとシランに目をやったところで、おれは硬直した。

他にも訓練に参加しようか迷っている村人たちに対して、「折角の機会なのだから」と、その背を押しているシランの姿があったのだ。

気付いたときには、順番待ちの列ができていた。

今更、断れる雰囲気ではなかった。

そうして、その後は延々と、希望者と模擬戦を繰り返すことになった。

最初は、一緒に群青兎討伐に参加したエルフたちが。

その後は、それ以外の者たちも希望し始めて、順番待ちの列は長くなるばかりだった。

数というのは、それだけで力だ。相手をするのがひとりふたりならともかく、10や20ともなれば、体力も消耗《しょうもう》する。魔力での身体能力や身体強度の底上げは凄《すさ》まじい効果をもたらしてくれるが、それも万能ではない。

「大丈夫ですか。孝弘様」

訓練用の木剣を手にして、進み出てきた青年が尋ねてくる。

「ずいぶんと息が切れていますが……」

「……平気だ。始めよう」

正直言えば、かなりきつい。

けれど、だからこそ、これはこれで良い訓練なのかもしれないと、おれは考え始めていた。

普段のガーベラとの訓練が400メートル走なら、これはマラソンだ。

踏み出した足が重い。剣を握る手の感覚が鈍《にぶ》い。あったはずの実力差が、徐々に小さなものになっていく。

このままでは、いずれ打ち倒されるときがくる。

漠然《ばくぜん》と見える未来を避けるためには、どうすれば良いのか。

必要なのは、より効率のよい動きだ。

息は苦しく、体は重く……けれど、むしろそのお陰で、自分の動きのなかにある、これまで気付かなかった無駄な部分が、邪魔なものとして浮かび上がってくる。

——ほら、いまも。

突き出された木剣を捌《さば》く、その動きに無駄があった。必要のない力みがあった。踏み込みが大きい。だから余計に疲れる。つらく感じてしまうのだ。

そうした部分を削っていく。

丁寧にひとつひとつ、これまでに培《つちか》ったものを思い出しながら。

シランはきちんと教えてくれていた。ただ、おれが実践《じっせん》できていなかっただけだ。

おれはあまり、戦いに関して才能があるほうではない。無駄に気付くたびに、一個、一個、シランに教わったことを思い出して、自分の動きを修正していくことしかできない。

じれったくはある。だが、苦痛ではなかった。

それはつまり、一歩、一歩、自分が進んでいるということでもあるのだから。

「次！」

途中からは、どちらが頼んで訓練をしているのかなんてことも、頭から抜け落ちていた。

さいわい、エルフたちの熱意は冷めることはなく、熱気はむしろ時間の経過とともに高まってすらいて、何巡もする者も含めて訓練の相手には困らなかった。

水分の補給を行いつつ、ぶっ通しで続けた訓練は、日が暮れてしまう寸前まで続いた。

へとへとに疲れてしまったが、実《みの》りある時間だった。

そして、得られた実りは、それだけにとどまらなかった。

訓練のあと、その場を去ろうとして、エルフたちに礼を言われたときのことだ。

「孝弘様。今日はありがとうございました」

ふと、彼らの態度に意識が向いた。

変に硬くなることなく、そこにはただ、素直な敬意と感謝の念が表れていた。

迂闊《うかつ》にも、そこでようやく、おれはシランの意図に気付いたのだった。

「……ありがとう、シラン」

村人たちと別れたあとで、シラン、リリィのふたりと一緒に、家に帰る道すがら、おれは礼の言葉を口にした。

「なんの話でしょうか？」

「お陰で、村のエルフたちとの距離が、少し縮まった」

畏《おそ》れ多いと取られていた距離が、剣を交わすことで、いつの間にか縮まっていた。

あの訓練の場は、言ってしまえば、村人との交流の場でもあったのだ。

「気付いていましたか」

少しバツが悪そうに、シランは眉を下げた笑みを作った。

「先にお話をできなかったのは、申し訳ありません。あの場で思い付いたものですから。それに……孝弘殿なら、あらかじめなにも言わずにおくほうが、かえってうまくいくのではないかという考えもありました」

いろいろと気を回してもいてくれたようだ。

実際、成果はあったわけで、文句を言うつもりはなかった。

「村のみなにとっても、良い時間になったように思います」

訓練の光景を思い出しているのか、嬉しげな顔でシランは赤くなった空を見上げた。

「単に実のある訓練ができたというだけではありません。これで彼らは、勇者という幻想ではなく、孝弘殿という個人を知りました。そのうえで、今回の群青兎の一件を感謝することができるようになったのです。恩を受けた者として、これは大事なことだとわたしは思います」

そこまで語ったところで、シランは声に、わずかに苦笑の気配を過《よぎ》らせた。

「もっとも、あれほど人が集まるのは、わたしも少し予想外だったのですが」

「ああ。引きも切らずって感じだったねぇ」

シランと一緒に、訓練の様子をずっと見ていたリリィが、同意の言葉を口にした。

「確かにそうだな」

おれも頷《うなず》いた。熱心なエルフたちの様子を思い返していた。

「勇者っていうのは、やっぱり大きな存在なんだなって思ったよ」

「いえ。孝弘殿。それは違いますよ」

おれの言葉に、シランは異を唱えた。

「確かに勇者様は我々にとって大きな存在ですが、ああも盛り上がったのは、きっとそれだけが理由ではありません」

「というと……それはつまり、おれが群青兎の脅威《きょうい》を退《しりぞ》けたからってことか？」

「それもあります」

含みのある返答だった。

「付け加えていうなら、群青兎の危機から解放された安堵《あんど》が、気分を高揚《こうよう》させていたというのも。しかし、それらはすべて、切っ掛けでしかなかったように思います」

シランには、おれに見えないものが見えているらしい。いまは片側だけの碧眼《へきがん》を細めて、彼女は告げた。

「孝弘殿の剣には、惹《ひ》かれるものがあるのですよ。わたしはそれを感じていますし、きっと、他のみなもそうなのだと思います。村のみんなが孝弘殿との訓練をああも熱心に望んだのは、そのあたりが理由なのではないでしょうか」

「それは……なんというか、ちょっと褒め過ぎじゃないか」

シランの言葉は、おれを困惑させるものだった。

「確かに、おれも強くはなったし、いたずらにそれを否定するつもりはないが……それにしたって、他人を惹きつけるなんてのは言い過ぎだろう。実際、他のチート持ちに比べてしまえば、おれの力なんて、泥臭いものでしかないわけだしな」

「いいえ。だからこそですよ、孝弘殿」

結った金色の髪を揺らして、シランはおれの言葉を否定した。

「孝弘殿の剣は、地道に積み上げてきたものです。足手纏《まと》いにならないために、大切ななにかを失わないために、泥に塗《まみ》れて、苦痛に堪《た》えて、壮絶な死線を幾度もくぐり抜けることで、ようやく得たものです。そうしたものは、見ていれば伝わるものなのですよ」

柔らかな微笑《ほほえ》みで、言葉は紡《つむ》がれる。

「確かに、それは煌《きら》びやかなものではないかもしれません。飾り気のない、武骨なものなのかもしれません。ですが、我らにとっては、それは共感を覚えるものなのです。ケイだって、孝弘殿に憧れているところがあります。孝弘殿は、あの子のそんな感情を否定するのですか？」

「その言い方は……少しずるくないか」

「申し訳ありません」

シランは、くすりと笑った。

「ですが、許していただきたい。わたしにとっては、孝弘殿に剣を教える機会を得られたことは、とても誇らしく思えることなのですから」

「大袈裟《おおげさ》だな」

苦笑したおれに、シランはかぶりを振ってみせた。

「そんなことはありません」

静かな口調で言う。

「ただそれだけでも、わたしがここにいる価値はあったのですから……」

それは、おれにとっては少し仰々《ぎょうぎょう》しくも感じられてしまう、生真面目な物言いだった。

シランらしい台詞《せりふ》と言い換えてもいい。

おれの苦笑を、ますます深める類の……。

「……」

そのはずなのに、なぜだかおれは、返す言葉に詰まってしまった。

ごろりとなにか大きな塊が、胸の奥を転がったような……そんな錯覚《さっかく》があったのだ。

これはいったい、なんなのだろうか。

胸の奥を探ってみるが、心当たりはない。まるで分厚い布越しに物を触っているかのように、
自分の感じているものの正体が掴めなかった。

気のせい……なのだろうか。

「着きましたね」

気付くと、借りている家の前に着いていた。

「それでは、わたしは伯父様たちのところに行ってまいります」

「あ。ちょっと待ってくれ、シラン」

足をとめたシランに、おれは声をかけた。不思議そうな顔がこちらを向いた。

「なんですか」

「……」

口を開いたが、適切な言葉が見付からない。

なにか声をかけなければという思いだけが先走って、言葉を紡《つむ》がせた。

「なにかあったら、すぐに言ってくれよ？」

聞いたシランは珍しく、きょとんとした顔をした。

そうした表情をすると、彼女はケイによく似ていた。

「……なんですか、それ？」

くすりと笑われた。

「ひょっとして、昼間の件でしょうか？　あのときも言いましたが、あれは、血の臭いで気分を悪くしただけのことですから、心配は要《い》りません。孝弘殿は、相変わらず心配性ですね」

好ましげな口調で言われてしまう。

確かにそうかもしれないと思った。

今日の昼に倒れかけた彼女の様子が気になるのは当然のことだし、そのせいで彼女の一挙一動に過敏になってしまっているのではないかと言われれば、まったく否定はできなかった。

「いえ。勘違いはなさらないでください。気遣っていただけるのは、嬉しいのです。ありがとうございます、孝弘殿。ですが、大丈夫ですよ」

嬉しいというのは本当なのだろう。シランは笑顔で続けた。

「わたしは、大丈夫です」

「……そうか」

「ええ、そうです。そんなことよりも……」

シランは話を変えた。

「そろそろ、夕飯ができている頃でしょう。ゆっくりしていると、伯父様たちを待たせてしまいます。孝弘殿は、汗を流してからいらっしゃるのですよね」

「ああ」

「承知しました。それでは、伯父たちにはそのように伝えてまいりますね」

気遣いのできる彼女の振る舞いを見て、やはり、さっきのは自分の気にし過ぎだったのだろうと思った。

群青兎の討伐《とうばつ》に、村のエルフたちとの交流。いずれもあまりにうまく行っているから、途中であった小さなトラブルに、過敏になってしまっているところもあるかもしれない。

「のちほど、また、お会いしましょう」

にこりと笑みを残して、シランは去っていく。

メルヴィンさんたちを待たせるわけにはいかない。おれも家に戻った。

09 夜の村

「今回の一件では、本当にお世話になりました」

夕食のあと、おれは村長宅に引き留められていた。

「孝弘殿のお陰で、村は難を逃れました」

テーブルの対面に座ったメルヴィンさんが言って、リアさんと揃って頭を下げた。

「いえ。おれとしても、十分な報酬はいただいていますから」

「その報酬についても、軍と交渉したシランに言って、村に配慮するかたちにしていただいたと伺っております」

「困ったときはお互い様ですよ」

この世界では、モンスターの被害に対処するために、親交の深い他国や貴族領に依頼して、戦力を融通してもらうことがある。今回の群青兎の討伐《とうばつ》に関わる報酬も、それに準拠したものになっていた。

しかし、その負担を貧しい村が支払うことは難しい。

そこで、大部分は軍から出してもらうことになった。

代わりに、群青兎から採れる染料の原料となる石は、後日、村の人間によって町に運ばれ、軍に納められることになっている。軍はそれを売ることで、おれに支払った謝礼の一部を回収することができ、こちらとしても、わざわざ行き帰りで1週間以上かけて、町まで換金をしに行く手間が省けるという寸法だった。

また、村も一部、報酬を負担することになったが、あまり使う機会のない貨幣は蓄《たくわ》えがないという話を事前に聞いていたため、こちらは食料を分けてもらうかたちにしておいた。

おれはしばらく、シランの故郷である隣村で過ごす予定なので、負担にならない程度に、おいおい準備してもらえばいいと話してある。大量に獲れた群青兎の肉は、村で消費してもらうかたちにしたので、報酬と差し引いても、あまり負担にはならないはずだった。

「しかし、孝弘殿やシランはさすがですね」

リアさんがしみじみとした口調で言った。

「咄嗟《とっさ》の指示も、実に堂に入ったものでした。わたしはどうにも、ああした場面で指揮を執《と》るには向いていないようです。ずいぶんとうろたえて、村の者たちを浮き足立たせてしまいました。まったく面目ない限りです」

溜め息をついたあとで、微笑《びしょう》を浮かべる。

「ひとりの被害も出さずに済んで、ほっとしています。本当にありがとうございました」

笑顔で言ったリアさんは、そこでメルヴィンさんに目配せをした。

頷《うなず》いて、メルヴィンさんが口を開いた。

「ところで、孝弘殿」

「なんでしょうか」

改まってなんだろうかと疑問に思うおれに、メルヴィンさんは切り出した。

「孝弘殿は、村での生活をお望みだとお聞きしました」

「……シランから聞いたんですか？」

突然の話題だったので、少し驚いた。

ただ、なぜそれを……とは思わなかった。シランには、できればこの件について、信頼できる人間に相談できないものかと話をしていたからだ。

「それでは、本当なのですな」

「ええ」

おれは頷《うなず》きながら、むしろメルヴィンさんの態度のほうを不思議に思った。

「どうして、とは訊《き》かないんですね」

「シランから、やんごとない事情があるのだと聞いておりますので」

「……そうでしたか」

自分の判断で必要と思うところまで話してくれてかまわないと、あらかじめシランには言ってあった。

おれが明かせない事情を抱えていることまでは、メルヴィンさん夫妻に伝えたらしい。

ここまで話をしたということは、それだけシランは彼らを信頼しているのだろう。

「その事情というのは、我らにとって、なかなか受け入れがたいことかもしれない。そんなふうに、シランは言っておりました」

重々しい口調で、メルヴィンさんは続けた。

「……はい。その通りです」

喉《のど》が鳴った。

ここで拒絶されてしまえば、信頼を築くどころの話ではない。ひょっとしたら、わけありであること自体、伏せるべきだったのかもしれない。そんな弱気な考えも脳裏を過《よぎ》った。

けれど、おれはシランに、あえて伏せるようにとは言わなかった。

むしろ話せるようなら、話してしまってもいいとさえ言ってあった。

ここ数日、メルヴィンさん夫妻や他のエルフたちと接して、そうしたほうが良いように感じられたからだ。

とはいえ、その判断が正しかったのかどうかはわからない。

果たして、メルヴィンさんはリアさんと視線を交わしてから、ゆっくりとした口調で言った。

「もしも孝弘殿が本当にお望みなら、わたしたちにはあなたを受け入れる用意があります」

「……本当ですか！」

尋ねる声は、自然と大きなものになった。断られるかもしれないと思っていたのだ。

身を乗り出したおれに、メルヴィンさんは深々と頷《うなず》いてみせた。

「そもそも、孝弘殿をアケルに招いたのは、アケル王家の方です。我らは常に王家に守られてきました。大恩ある王家の決定であれば、我ら一同、従うのに否はありません。たとえ、孝弘殿にどのような事情があろうともです。加えて、我らは孝弘殿にご恩があります。受けた恩を返さずに知らん顔をしていられるほど、我らは恩知らずではありません。それに……」

そこまで言ってから、メルヴィンさんは、頬《ほお》に古い傷の走る顔を笑みのかたちにした。

「村の者との今日の訓練、実はわたしも見学させていただいていました。これでわたしが孝弘殿を拒絶したなどと知られれば、村のみなに怒られてしまうことでしょうな」

「……ありがとうございます」

冗談めいて言ったメルヴィンさんに、おれは頭を下げた。

「おっ、おやめください、孝弘殿」

少し慌てた様子で、メルヴィンさんが腰を浮かせた。

「それに、礼を言うのはこちらのほうです」

頭を上げたおれに、メルヴィンさんは言った。

「シランは言っておりました。孝弘殿には大きな恩がある。どうか頼みを聞いて差し上げてほしいと」

「シランが……？」

「ええ。詳しい話までは聞いておりませんが、チリア砦《とりで》であった凶事では、孝弘殿とそのお仲間の方が、シランとケイを助けてくださったとか。あの子らは、血を分けた我らの家族です。家族の命を助けてくださった方を、無下《むげ》にできようはずがないではありませんか」

その言葉には、真情がこもっていた。

純朴で義理堅く、情が厚い。これが開拓村に住むエルフたちなのだ。

「孝弘殿が腰を落ち着ける場所として、どこを選ばれるのかはわかりません。ですが、必要とあれば、この村にお越しください。我らはいつでも孝弘殿を歓迎いたします」

◆◆◆

「良かったね、ご主人様」

村長宅を出たところで、リリィが寄り添ってきた。

おれの腕を、両腕で引き寄せる。少女の体の温かさと、柔らかさが伝わった。

「メルヴィンさんたちと話した感じ、思った以上に、良い感触だったじゃない」

おれの顔を下から覗き込むようにして、にっこりとリリィは微笑《ほほえ》んだ。

心の底から嬉しそうな笑顔だった。

「そうだな」

月明かりの下、輝くような笑顔に目を奪われながら、おれも頷《うなず》き返した。

団長さんの頼みがあればこそなのだろうが、快く滞在を許可してもらえたのは嬉しい。シランがうまく話をしてくれたというのも大きかったのだろう。彼女自身、わざわざ頼んでもくれたようだし、本当に頭が上がらなかった。

「ありがたい話だ。シランには感謝しないとな……」

そこで、ふと思い付いた。

「……そうだ。ちょっといまから、顔を出してみるか」

村に滞在している間、シランはケイと一緒に、おれたちとはまた別の家で寝泊まりしている。それほど大きな村ではないし、帰る途中で少し足を延ばすくらいはなんてことない。

ただ、おれの言葉を聞いたリリィは、少し不思議そうな顔をした。

「いまから？　訪ねるには、ちょっと遅くない？」

メルヴィンさんたちと少し話し込んでしまったので、もうとっぷりと日は暮れていた。

「明日の朝でもいいと思うんだけど」

「まあ、そうなんだが……」

リリィの指摘はもっともなもので、おれの返事はどこか煮え切らないものになってしまった。

実際のところ……シランに対する感謝の気持ちは嘘《うそ》ではないが、いまから礼を言いに行こうと言い出したことについては、口実の部分が大きかった。結局のところ、夕食前のやりとりで見せたシランの態度が、おれにはどうにも気になっていたのだ。

様子を見ておきたいと感じていた。

心配性かもしれないけれど、そう感じた。

そうしなければならないような予感があった。

あとから考えてみれば……それは、虫の知らせのようなものだったのかもしれない。

「ちょっと、用事もあってな」

「ふうん」

腑《ふ》に落ちなさそうな顔をしたが、リリィも反対はしなかった。

おれはリリィと一緒にシランのもとに向かった。

歩き出して、数分のことだ。リリィが声をあげた。

「……あれ？　あそこにいるの、ヘレナさんじゃない？」

少し離れた場所、木陰に隠れるようにして、黒い影があった。おれの目では、木の作り出す濃い影に紛れてしまって、小柄な人影であることくらいしかわからない。

おれたちの会話が聞こえたのか、影がこちらに振り返った。小走りに近付いてくる。

近くで見れば、確かにそれはヘレナだった。

「……なにかあったのか？」

尋ねたのは、月明かりだけしかない薄暗さでもわかるくらい、はっきりとヘレナの顔に焦燥《しょうそう》が浮かんでいたからだ。

「孝弘様……」

名前を呼んだきり、ヘレナは視線を落とした。

なにがあったのかはわからないが、なにかあったことだけは明らかだった。

「どうかしたのか？」

こういうときに急がせても良いことはない。なるべくゆっくりとした口調を心掛けて、声をかけた。

「話してくれれば、力になれるかもしれない」

ちらりと視線を上げて、ヘレナは唇を噛んだ。

言うかどうかを迷っているのか、どう言ったものか困っているのか。

ややあって、ヘレナは口を開いた。

「シランのこと、なんですけど」

「シラン？　シランがどうかしたのか？」

「……こちらに来ていただけますか」

何度か口を開いたり閉じたりしたあとで、ヘレナは言った。

「こっちです。静かに、ついてきてください」

こちらの反応を見ることなく移動を始めてしまう。余裕のない様子だった。

おれはリリィと顔を見合わせて、彼女のあとを追った。

夜の村はとても静かだった。家の外を出歩いている村人は他にいない。夜間の見張りをしている者はいるはずだが、モンスターの襲撃《しゅうげき》を警戒している彼らは、防壁の傍の物見櫓《ものみやぐら》に詰めており、村のなかを見回るようなことはない。

木々の立てるかすかなざわめきと、自分たちの足音だけが、耳に届くすべてだった。

すぐにヘレナは足をとめた。先程も潜んでいた木陰で振り返ると、こちらに手招きをする。

おれたちが近付くと、彼女は無言のままで一点を指さした。

その先には一軒の建物があった。頑丈そうで素っ気ない造りをしている。誰か閉め忘れたのか、入り口の木戸が開いていた。

開いた扉のなかは暗くて見えない。ねっとりとした暗闇がうずくまっていた。

「あの建物、なんですけど」

ヘレナが言う。少し声が震えていた。

「あれがどうし……」

尋ねようとしたところで、おれは口を噤《つぐ》んだ。

開いたままだった扉の入り口から、ふらりと人影が零《こぼ》れ出たからだ。

シランだった。

ちょっと遠いが、間違いない。

間違いなくシランのはずだ。

そのはずなのに……なぜだかその姿を見て、おれは背筋に凍えるものを感じてしまった。

「……」

月の冴え冴えとした光を浴びて、金色の髪がゆらゆらと揺れている。

芯を失ったかのように、ふらり、ふらりと体がよろめく。

覚束《おぼつか》ない足取りのまま、シランは建物を回りこむように歩いていき、その姿はすぐに見えなくなった。

そこで、おれは自分が息を詰めていたことに気付いた。

ヘレナも同じだったのかもしれない。

「……わ、わたし、ちょっと話があって、シランのところに行ったんです」

囁《ささや》くような声は、呼吸が少し乱れていた。

「そしたら、あいつ、どこかに行くところだったみたいで。声をかけようとしたんですけど……なんでか、わたし、ぞっとしちゃって」

そのときのことを思い出したのか、ぶるりとヘレナは震えた。

「お、おかしい、ですよね？　だけど、わたし、それで声をかけられなくなって。ただ、様子がおかしいのは確かだったし、放っておくわけにもいかないじゃないですか？　だから、こっそりとあとをつけたんです。そしたら、あいつ、あそこに入っていって……」

「あの建物はなんなんだ？」

「倉庫です。村の食料庫として使われてます」

「……食料庫」

なんだろう。

酷《ひど》く嫌な予感がした。

「こんな時間に、用事なんてないはずなんですけど……」

少女の声が、掠《かす》れて消える。

沈黙が重い。

「……確かめてみよう」

鉛《なまり》のような空気を吸い込んで、おれは言った。リリィとヘレナが無言で頷《うなず》いた。

ひっそりと、おれたちは木陰《こかげ》から出た。そのまま、倉庫まで駆け寄る。

念のために見回すが、シランの姿はない。

開いた扉から、建物のなかに入ろうとする。

「待って。ご主人様」

行く手を腕で遮《さえぎ》られた。

「わたしが、先に行く」

言ったリリィが、赤色の小さな魔法陣を展開させた。

発動した魔法の灯火を手に、彼女は先に倉庫に足を踏み入れる。
おれも、それに続いた。
倉庫のなかが、灯火に照らし出される。
喰い散らかされた群青兎の肉が転がっていた。

10　騎士の隠し事

魔法で生み出された赤い炎に照らされて、床に転がったモノの影が黒々と揺らめく。

乱雑に放り出されていたのは、倉庫に貯蔵されていた群青兎の肉だった。

一部の富裕層や特別な施設を除いて、冷蔵設備の普及していないこの世界では、保存のために、肉は塩漬けにされるのが一般的だ。ここにあるのは、その処理の最中《さいちゅう》のものだった。

少なくとも、現時点では、そのまま食べられるようなものではない。

……いいや。もちろん、食べようと思えば食べられる。

噛んで、砕いて、呑み込みさえすれば、どんなものでも食べることはできるのだから。

だが、普通はそんなことはしない。

そんな異常なことをする理由がない。

しかし、現に目の前には、一部が喰い散らかされた肉片が散乱していた。

水が抜けかけて変色した肉片を見下ろしながら、おれはしばし呆然としていた。

「これは……」

うしろから少女の呻《うめ》き声が聞こえた。

振り向けば、口元を手で押さえて震えるヘレナの姿があった。

このときまで、おれはすっかり同行者のことを忘れていたのだった。

「た、孝弘様」

ヘレナの声は虚《うつ》ろだった。それだけ目の前の光景が衝撃的だったのだろう。混乱がありありとうかがえる様子で尋ねてくる。

「シランは……なにを？　なにが、どうして？」

その言葉を聞いて、おれは肝心なことを思い出した。

……シラン。そう、シランだ。

なにがどうなったのかはわからないが、これをやったのは、彼女で間違いない。

だとすれば、このままではまずい。

沸き上がってきた焦燥《しょうそう》感が、呆然としていた意識を叩いた。

ふらふらと倉庫から出てくるシランの姿が、脳裏にフラッシュ・バックした。

明らかに、いまのシランは普通ではない。このまま放っておくわけにはいかなかった。

「シランを、追わないと」

やらなければならないことを口にする。そうすることで、遠くなっていた感覚が戻ってきた。

「リリィ」

「うん」

表情を引き締めたリリィが、すんと鼻を鳴らした。

シランがどこに行ったのかはわからないが、リリィの鼻なら追跡は可能だ。

事は一刻《いっこく》を争う。すぐにでも追い掛けなければならなかった。

しかし、そう思って踵《きびす》を返したところで、おれは足をとめることになった。

「孝弘様」

ヘレナがおれを見上げていた。

灯火に照らされた顔には、混乱の余韻《よいん》がまだ色濃く残っていた。けれど、それだけではないものも現れていた。

「わたしも一緒に行きます」

予想できたことではあったが、まずい展開だった。

「……駄目だ」

「なんでですか⁉」

「それは……」

理由を求める少女を前にして、おれは口ごもった。

正直に説明をするわけにもいかなかったからだ。

そもそも、どうしてシランはこんな真似をしたのか。

原因として考えられることなんて、ひとつしかなかった。

……アンデッド・モンスター、デミ・リッチと化したことによる副作用だ。

彼女は一度、ほとんどグールになってしまったことがある。いまの彼女は、あのときと似た症状に見舞われていることが予想された。

だとすると、ヘレナをこのまま連れていくわけにもいかなかった。

なにも知らない彼女にしてみれば、いまのシランの様子は、異常極まりないものでしかない。追い掛けていけば、もっと酷《ひど》いものを見る可能性だってあるのだ。それが、どれだけの衝撃をヘレナに与えることか。およそ最悪の展開であることは間違いない。

それは避けるべきだと、おれは判断した。

不幸中の幸いとでも言うべきか、チリア砦《とりで》で見たときに比べて、いまのシランは大人しい。最悪、グールそのものになってしまったのであれば、人間を襲っているはずだが、実際に喰われたのは群青兎の肉だ。異常な行動ではあるにせよ、一線は越えていない。

猶予《ゆうよ》は残されている。

いま捕まえれば、まだ誰にも知られずに、事を収めることができるかもしれない。

もちろん、すでに知ってしまった目の前の彼女を除けば、だが……。

言い澱《よど》むおれの反応を見たヘレナが、ふと、なにかに気付いた顔をした。

「ひょっとして、シランがどうしてこんなことをしたのか、孝弘様は知ってるんですか？」

「……ああ」

ここで否定することに意味はない。

おれが頷《うなず》くと、もどかしげにヘレナは胸を押さえた。

「シランは病気なんですか？」

「そのようなもの……だな。体の問題を抱えているという意味では」

「……そうですか」

奥歯に物が挟まったような返答を聞いて、ヘレナは唇を噛んだ。

シランがただの病気ではないことは、当然、察しているのだろう。

そもそも、この倉庫の光景を見られた時点で、誤魔化《ごまか》しようなどなかったのだ。

……これは、多少無理にでも、口止めをしなければ駄目だろうか。

そんな思考が頭を過《よぎ》って、おれは奥歯を噛んだ。

実際のところ、やろうと思えば口止めは可能だった。

おれには、それができた。

勇者としての強権を行使して、黙っているようにとヘレナに命じればいいのだ。

言うまでもなく、これは最低の手段だ。信頼関係を築くという当初の目的から言っても、悪手というほかない。

だが……最悪を避けるためには、それもやむをえなかった。

シランの顔を思い浮かべて、おれは心を決めた。

しかし、それより一拍早くヘレナが口を開いた。

「わかりました」

「……なに？」

「孝弘様の言う通りにします」

硬い声で、指示に従うことを宣言する。これには、こちらが戸惑ってしまった。

「いいのか？」

「孝弘様はシランが信頼してる方ですから」

返答はシンプルなものだった。

あまりにも簡単過ぎて、かえって真意が掴めないくらいに。

「わたしに、できることはありますか」

真摯《しんし》な表情で、ヘレナは尋ねてくる。その様子を見る限り、この光景を見ても、シランに対して嫌悪の類は抱いていないらしい。純粋に、協力を申し出ているように見えた。

おれは少し考えてから、口を開いた。

「……それじゃあ、この場を頼んでいいか」

こちらの言うことを呑んで、簡単に引き下がってくれた理由については気になったが、話し込んでいる時間はない。協力してくれるというのなら、願ってもないことだった。

「このままじゃ、なにかあったと丸わかりだからな。誰かが後始末をする必要がある」

「任せてください」

あたりを示しておれが頼むと、ヘレナは力強く請け負った。

「片付けておきます。ただ、なくなってしまった分についてはどうしましょうか」

「そうだな……ずいぶん散らかってはいるが、なくなった量はそう多くはなさそうだ。明日からの旅の準備のために、おれが融通してもらったことにすればいいだろう。メルヴィンさんたちには、そう言っておいてくれ」

必要なことを考えながら指示していく。

こうなってしまえば、むしろこの場にヘレナがいたことは、都合がよかったかもしれない。

「食べかけのものについては、適当な袋にでも詰めて、ローズたちの……おれの連れのところに届けてほしい。こっちで処分する」

「わかりました」

「ローズたちには事情を伝えて、心配は要らないから待っていてくれと言伝《ことづて》を頼む。それと、この件については……」

「村のみんなには内緒ですね。わかってます」

先んじて、ヘレナは言った。

「頼まれたことについては、必ずやり遂げます」

その瞳《ひとみ》には使命感が宿っていた。

そして、縋《すが》るような色があった。

「だけど、その代わりに……シランのことはお願いします」

「ああ」

この場はヘレナに任せれば大丈夫だろう。

おれはリリィに目配せすると、倉庫をあとにした。

◆
◆
◆

ヘレナにあとを任せて、おれたちはシランを追った。

おれと眷属《けんぞく》は、互いを繋ぐパスを介して、お互いの位置を感じ取ったり、心の裡《うち》を伝えたりすることができる。

だが、シランにそれは当て嵌《は》まらない。元人間である彼女は、眷属として特殊な成り立ちのせいか、パスの繋がりが弱いからだ。追跡はリリィの嗅覚だけが頼りだった。

先行するリリィを追い掛けてしばらく走ると、行く手に高い壁が立ち塞がった。

「村の防壁？ ……シランは、村の外に出たのか？」

「みたいだね」

村は夜の間もモンスターの襲撃《しゅうげき》を警戒している。不用意に壁を越えれば、見付かる可能性が高い。

しかし、夜警についているエルフたちの間で、騒ぎが起きている様子はなかった。

どうやらシランは、見付かることなく村の外に抜け出すことに成功したらしい。

やはり、以前の暴走状態とは、少し違うのだろう。

おれたちも、こっそりと壁を乗り越えた。

工藤陸《りく》の配下でもなければ、基本的にモンスターが秘密裏《ひみつり》に村に侵入を企てるなんてことはない。よって、エルフたちもそのあたりは想定しておらず、気を付けてさえいれば、村を出入りしても見付かることはなかった。

壁から降りると、そこはもう夜の樹海だ。

昼でも薄暗い森は、夜ともなれば、ほぼ見通しが利かない。

おれはリリィに言って、魔法の灯火を用意してもらった。

気持ちは急《せ》くが、明かりがあっても夜の森は暗い。もどかしくても、モンスターの襲撃《しゅうげき》を警戒しつつ進んでいかなければならなかった。

そうして、10分ほども歩いただろうか。

その背中を見付けた。

「……シラン」

森のなかでうずくまっているうしろ姿。それは、シランのものに違いなかった。

無事に見付けられたことに、まずは安心して呼び掛けると、彼女はぴくりと反応した。

だが、それだけだ。こちらを振り向くことはなかった。

リリィを伴って、おれは彼女に近付いていく。すると、異臭が鼻の奥を突いた。

独特の生臭さ。生き物の内側の臭いだった。

それで、うずくまったシランがなにをしていたのかに気付いた。

一拍遅れて、リリィの掲げた灯火の光が、シランのもとに届いた。

不吉な赤が目に付いた。

夜闇に浮かび上がった少女の姿は、血塗《まみ》れだったのだ。

金色の髪も、白い鎧《よろい》も、血に汚れてどろどろになってしまっていた。

そこで、うずくまっていたシランが、ようやくこちらを振り返った。

「孝弘殿でしたか」

ある意味、この場にそぐわない、落ち着いた声だった。

ひとつきりの青い瞳《ひとみ》が、静かにおれを見返している。

何事もなかったのかと錯覚《さっかく》してしまいそうなくらいに、シランは平静な様子でいた。

けれど、振り返った彼女の向こうに転がっている群青兎の屍《しかばね》が、そんな逃避を許してはくれなかった。

斬り捨てられていた群青兎は、全部で3匹。そのうちの1匹に、獣にでも食い荒されたような形跡があった。そして、先程、落ち着いた言葉を吐いたシランの口元は、ただの返り血ではありえないくらいに真っ赤に染まっていたのだ。

なにがあったのかは、わざわざ尋ねずとも明らかだった。

「驚かれないのですね。予想されていましたか？」

「さすがに、ここまでくるとな」

苦笑する。

笑えていた、と思う。普段通りに。

そのために、シランを探しながら、必死で考えを巡らせていたのだから。

「デミ・リッチ化の副作用……ってことでいいんだよな？　どういう理屈かはわからないが、シランには、モンスターの肉を食べる理由があったんだろう？　そのために、貯蔵されていた群青兎の肉を喰った」

「……ああ。あれを見られてしまったのですね。道理で、こんなところに孝弘殿が現れるわけです。村に戻ったら片付けるつもりだったのですが、失敗しましたね」

おれがどうしてこの場に現れたのか、それで納得行ったらしい。シランも苦笑いを零《こぼ》した。

口元の赤色を無視すれば、それは、やはり普段通りの光景と言ってよかった。

「孝弘殿が片付けてくださったのでしょうか。……いえ。その割には、ここに来るのが早いですね。ひょっとして、そのままでしょうか。だとすれば、今頃、騒ぎになってしまっているかもしれませんが……」

「いや。ヘレナが一緒にいたから、片付けは任せてきた」

「……ヘレナが？」

ほんの少し、シランは驚いた顔をした。

「そう……ですか。それなら安心ですね」

すぐに、その驚きも引っ込められる。

「あの子なら、信頼できるでしょうから」

「……なあ、シラン。いったい、なにが起こっているんだ？」

微かな笑みを口許に浮かべるシランに、おれは問い掛けた。予想していたより遥かに落ち着いた彼女の様子に安堵《あんど》したものの、疑問は膨《ふく》れ上がるばかりだったのだ。

「こうして村から出てきたのは、モンスターを狩るためか？　ひょっとして、旅をしている間、夜の見回りをすると言い出したのも、そのためだったのか？」

リリィの話では、ただ見回りをしているにしては不自然なくらいに、シランは多くのモンスターと遭遇《そうぐう》していたのだという。

そのたびに、彼女は血の臭いを漂わせていた。

目の前のシランの姿を見れば、なにをしていたのかは誰でもわかる。

シランは見回りの枠を超えて、モンスターを積極的に狩っていたのだろう。

しかし、わかるのはそこまでだ。

「貯蔵されていた群青兎の肉では駄目だった、ということか？　そこに、どんな理由があるんだ？」

わからない。そして、それ以上に歯痒《はがゆ》かった。

「事情があるなら、どうして言ってくれなかったんだ」

「申し訳ありません。孝弘殿」

シランは深々と頭を下げた。

そこにあったのは、血に塗《まみ》れていようとも、なにも変わらず実直で高潔な騎士の姿だった。

「ご心配をかけたくないと思い、事情を伏せていました。そのせいで、かえってご心配とご迷惑をおかけしてしまったようです」

それはとてもシランらしい言葉だったから、おれはもうそれ以上、彼女を責められなくなってしまう。

頭を下げるシランと、言葉を失ったおれの間に、沈黙が落ちた。

「ご主人様。とりあえず、一度落ち着いてから、話をしたらどうかな」

タイミングを計っていたのだろう。リリィが声をかけてきた。

「ほら。シランさんだって、汚れているし」

「……そうだな」

このままでは、埒《らち》があかないのも確かだった。

おれが頷《うなず》くと、シランも顔を上げた。

「はい。わたしもすべて、お話をいたします」

◆◆◆

シランの支度《したく》が済むまで、おれとリリィは少しその場を離れた。

シランが姿を現すまで、それほど時間はかからなかった。

血みどろだった体は丁寧に拭《ぬぐ》われている。名残《なごり》と言ったら、鉄錆《てつさび》めいた臭いと、あとは服に残った染みくらいのものだった。

「普段はもう少し気を付けているのですが、今回はちょっと余裕がなかったので、汚してしまいました。この服はもう駄目ですね」

「もう大丈夫なのか？」

「はい。ご心配をおかけしました」

シランは律儀に頭を下げると、改めて口を開いた。

「それでは、お話をさせていただきます」

「ああ」

頷《うなず》いたおれに、シランは語り始めた。

「孝弘殿もお察しの通り、いまのわたしはモンスターの肉を必要としています。これは、デミ・リッチとしての、わたしの体質に原因があります」

なにを話すべきか考えていたのだろう。説明はスムーズなものだった。

「わたしの体は人間の頃とは違って、食物を摂取することで得た栄養で動いているわけではありません。食べることはできても、その必要はない体ですから。それを可能にしているのが、デミ・リッチとしての特性……魔力によって、すでに死したこの体は動いています」

シランは広げた自分の手を見下ろした。

「ですから、食べ物を摂取する必要はない。そのように、最初はわたしも考えていました。しかし……」

「実際は必要だった？」

話の先が見えてきた。

「アンデッドの体は、栄養ではなくて魔力で動く。とすると、魔力を……」

「ええ。なにも摂取せずに維持できるほど、この体は効率のよいものではなかったようです。わたしには、なんらかのかたちで魔力を摂取する必要がありました」

魔力の低下による体調不良。思い返してみれば、その兆候はあった。

団長さんが捕縛されたあと、しばらくしてからシランは前線に立つことがなくなり、のちほど、それはデミ・リッチとして維持しなければならない心身のバランスが崩れて、戦闘力が低下したのが原因だと聞かされた。

けれど、それは事実のすべてではなかったのだろう。

体のバランスが崩れているという話も、まったくの嘘《うそ》ではなかったのかもしれないが、実際には、魔力の低下という別の深刻な問題を抱えていたのだ。

「そこで、モンスターです」

シランは、おれの隣にいるリリィに、ちらりと目をやった。

「モンスターの屍《しかばね》を食べることで、魔力を得ることができることは、孝弘殿もご存知でしょう。工藤陸は配下のモンスターをそうして強化していましたし、孝弘殿もチリア砦《とりで》の襲撃《しゅうげき》事件の後始末のときには、リリィ殿に大量のモンスターの屍を処理させることで、その魔力を高めていました。わたしがモンスターを喰らっていたのも同じ理屈です」

「それじゃあ、なにか。減少する魔力を喰い止めるために、シランはモンスターを喰らっていたっていうのか？　ただ肉を喰らえばいいというわけではなくて、そこには『魔力の摂取』という目的があったと。だとすると、ここ数日で貯蔵された塩漬けの肉では駄目だったのも、そのあたりが原因か」

「その通りです。時間が経っていたせいか、すでに加工されていたせいか、いずれにせよ、必要な魔力が得られませんでした」

「通常の食事では駄目な理由も同じだな？」

「はい。ですので、旅の間は、夜の見回りのたびに、モンスターを狩っていました。幸いなことに、誰に気付かれることもなく……いえ。一度だけ、ベルタに見付かってしまったことがありましたか」

「ベルタに？」

「夜の見回りがてら、あちらも獲物を狩っていましたから」

ベルタが夜な夜なモンスターを狩っていたことは、おれも知っていた。

ベルタの場合はリリィと同じく、自身の強化が目的だったが、やっていることはシランと変わらない。両者が遭遇《そうぐう》することは、ある種の必然でもあったのかもしれない。だからこそ、いち早くベルタはシランの異変に気付くことができたのだろう。

「この件をベルタが黙っていたことについては、責めないでやってください。わたしが、黙っていてほしいと彼女に頼み込んだのです。彼女はただ誠実であっただけでした」

ベルタが誠実であることは間違いないが、黙っていたせいで発覚が遅れた面もある。なんと返すべきかがわからず、おれは代わりに別のことについて尋ねた。

「夜回りのことについてはわかった。だが、町にいる間はどうしていたんだ？」

「基本は我慢していましたが、たまに機会を見計らって、町の外に出ていました。軍と連絡を取ったり、物資を手配したりと、単独行動を取っていることもよくありましたので」

そういえば、以前にローズとふたりでディオスピロの町に出たときに、町の外から戻ってきたシランらしき人物を見掛けたことがあった。一瞬だけだったので見間違いかと思っていたのだが、あれは当人だったのかもしれない。

「このまま誰にも気付かれないでやり過ごせると思っていました。しかし、わたしの見立ては甘かったようです」

シランは小さく溜め息をついた。

「村の者たちと合流してからは、そうもいかなくなりました。夜の見回りに出ていなかったから……」

「そうか。エルフたちと一緒にいたときには、夜の見回りに出ていなかったから……」

「はい。モンスターを食べることができませんでした」

結果、シランは飢《う》えた。それが今回の騒動の顛末《てんまつ》だった。

「今日の昼間、討伐《とうばつ》作戦の途中で様子がおかしかったのも、そのせいか」

「はい。あれは少し危なかったです。ぎりぎりの我慢が続いていたところに、紅玉熊の血を浴びたせいで、理性の箍《たが》が外れかけました。どうにか夜までは堪《た》えたのですが、結局は我慢が利かなくなって、この有様というわけです。お恥ずかしいところをお見せしました」

深々と頭を下げるシランに、おれはかぶりを振った。

「空腹で我慢の限界だったんだろう？　それなら仕方がない。……ただ、相談してくれれば、こんなことになる前に、おれたちも協力できたのに、とは思うが」

「申し訳ありません」

「いや。謝ることはない。これからは頼ってくれれば、それでいいんだから」

失敗は誰にだってある。おれだって、目を覆《おお》うような大失敗をして、死にかけたことがあった。シランのことは責められない。

取り返しのつかない大失敗をしたわけではないのだから、これから気を付けてくれればいいのだ。立派な騎士であるシランなら、おれなんかよりも余程うまく、この失敗を糧《かて》にすることだろう。

「まずは村に戻ろう。それから、必要なことはみんなで話し合おう」

おれはシランに語り掛けた。

「大丈夫だ、モンスターを食べるのなんて、別におれたちにとっては大したことじゃない」

「そうそう、わたしなんて日常的にやってることだしね」

リリィも口を添えた。手の先をスライムのものに変えてみせる。

「そんなの今更だよ」

「リリィの言う通りだ。モンスターの肉が必要だという件も大丈夫だろう。協力すればどうにでもなる。みんな、力になってくれるはずだよ」

「……ありがとうございます」

言葉を重ねることで、やっとシランは微笑《びしょう》を浮かべてくれた。

相手を無条件で安心させるような、頼もしい騎士の貌《かお》だった。

ようやく胸を撫《な》で下ろしたおれは、ふたりを引き連れて、村への帰路に就《つ》いたのだった。

11　少女の隠し事

その後は、特に何事もなく、夜が明けた。

次の日、おれたちは予定通りに、エルフの開拓村を出発した。

向かう先は、シランとケイの故郷、ケド村だ。

2日間の道程になる。

予定と少し違ったのは、この旅に、リアさんとヘレナが同行したことだった。

出発の朝、村長宅で用意されていた朝食の席で、おれたちと一緒に隣村に行きたいと、ヘレナが言い出したのだ。シランに並々ならぬ対抗心と、親しみを——本人は認めないだろうが——持っている彼女のことだ。同行を願い出ること自体に不思議はない。祖父母であるメルヴィンさんやリアさんも、そう解釈したようだった。

ただ、おれはどうしてヘレナがそんなことを言い始めたのか、本当のところを理解していた。

ヘレナは昨日の出来事を目の当たりにしている。シランが心配なのだろうし、事情を聞きたい気持ちもあるのだろう。おれはヘレナの同行を拒まなかった。

というより、おれ自身もヘレナと話をする必要性を感じていたので、これについては渡りに船と言ってもよかった。

昨夜、おれが任せた仕事を、ヘレナは完璧《かんぺき》にこなしてくれていた。

秘密裏のうちに食料庫は綺麗《きれい》に片付けられて、シランの行為の痕跡《こんせき》は跡形もなく、メルヴィンさんにはおれが群青兎の肉を分けてもらったと話が通っていた。

おれはただ、口裏を合わせるだけでよかった。

昨晩のシランを見付けたのがヘレナでなければ、もっと事態は深刻なものになっていたかもしれない。お礼を言っておかなければならないし、フォローの必要性を感じてもいた。

生憎《あいにく》、慌ただしく出発の準備をするヘレナとは、村を出るまでの間、ふたりきりで話をする時間は取れなかったが、隣村までの2日の旅のうちに、話す機会を設けるつもりだった。

ヘレナが一緒に行くことに決まると、リアさんも同行を申し出た。孫娘が粗相《そそう》をしないか心配だったのだろう。気持ちはわかる。こちらについても、申し出を拒むことはしなかった。

「申し訳ありません、孝弘殿。ヘレナが無理を言いまして……」

「いえ。おれはかまいませんよ。むしろ、リアさんこそ良かったんですか？　村を離れてしまうことになりますけど」

「お気遣いありがとうございます。ですが、問題はありません。村でのわたしの役割は、夫の代理ですから」

代理である以上、必ずしもいなくてもかまわないのだと、リアさんは説明した。実際、ディオスピロに陳情に行っている間は、リアさんは村を離れていたわけで、役割分担ができているのだろう。

「それに、丁度良い機会でもあるのですよ。どちらにせよ、ケド村には近く顔を出す予定ではありましたから」

「そうなんですか」

「ええ。このあたりの開拓村では、月に一度は互いに人をやり合っているのです。樹海においては村同士の繋がりというものは、途切れさせてはならない大事なものですから」

たとえば、近隣のモンスターの情報は、村同士で共有しなければならない重要なものだ。そのため、彼らは多少の危険を冒してでも、村同士で定期的な情報共有を行っている。また、ときには他の村の危機に人手を回すこともあるのだという。

恐らくは、こうした実利面のほかにも、同じ危険な土地で生きている仲間意識も強く働いているのだろうし、そもそも、リアさんとシランたちを見ればわかるように、村同士が浅からぬ血縁関係を結んでもいる。内部での結束だけでなく、村の間にも緊密な連携を保つことで、彼らは樹海という危険な土地をしたたかに生き延びているのだった。

「群青兎の一件で手一杯でしたから、ここのところは連絡が滞《とどこお》っておりましたが、それも解決いたしました。その事実を伝えるという目的もあります。それに……」

「それに？」

「折角、久しぶりに会えたシランたちと、これでお別れというのも寂しいですから」

そう言って、リアさんは笑っていた。

シランは一時期、彼らの村に預けられていたことがあったと聞いている。

リアさんにとって、シランはもうひとりの孫のような存在なのかもしれない。

そのリアさんは、現在、シランとケイ、ヘレナと一緒に、おれの走らせる魔動車の前方10メートルほどの場所を歩いていた。

4人のエルフたちは、朗《ほが》らかに言葉を交わし合っている。

なにを話しているのかは聞き取れないが、いかにも楽しげな様子だった。

「シランさんのことですが、見たところ、特に問題はなさそうですね」

彼女たちのうしろ姿を眺めていると、御者台の隣に座っていたローズが話しかけてきた。

「昨日、帰ってきたご主人様から話を聞いたときには、ずいぶんと気を揉んだものでしたが」

ローズもシランのことは気にしていたらしい。心配そうな様子で確認してきた。

「もう大丈夫なのですよね？　問題については昨日の一件で足りているということでしたが」

「ああ。シランからはそう聞いてるよ」

おれは頷《うなず》きを返した。

「昨日はしっかりと食べたからな。もちろん、それも継続しなければ、また同じことが起きてしまうわけだが……そのための、昨夜の話し合いだ」

昨晩は、シランを連れて戻ったあとで、これから先のことを話し合った。

お陰で少し寝不足気味だが、必要なことだった。

「おれたちが協力さえすれば、別段、シランの体質は足を引っ張るようなものじゃない。たとえば、この道中にしたところで、おれたちのうちの誰かが夜の見張りをしている時間なら、いつでも抜け出せるわけだしな」

変に気を遣っていたから身動きが取れなくなっていただけで、本来なら大した問題ではないのだ。

「そもそも、シラン本人が獲物を狩ってくる必要さえない。鼻の利くリリィのほうが、狩人としては優秀なんだから。リリィが獲ってきた獲物を食べるだけなら、抜け出している時間だって少なくて済むだろう」

「確かに。それがよろしいかと思います」

ローズは相槌《あいづち》を打った。

「結局のところ、迷惑をかけるべきではないという遠慮が、状況を悪化させてしまったわけですね。……少しばかり、シランさんらしくない失敗とも思えますが」

「そこは、責任感が強過ぎたということだろうな」

「……ああ。そういうふうにも取れるのですね」

ローズはかすかに首を傾げた。

「ご主人様がそうおっしゃるなら、そうなのでしょう。しかし、とすると、難しいものですね。

わたしはシランさんのことを、ひとかどの人物であると認識しておりました。それでも、ときには、あのような失敗をしてしまう……」

「そうだな。誰にでも失敗はある。だから、肝心なのは、そのあとだよ。らしくない失敗だったのは確かだが、シランなら、もう二度と同じような失敗はしないだろう」

「はい。わたしも、そう思います」

同意を示すローズに、おれは小さく笑いかけた。

「しかし、何事もなく切り抜けられて良かったよ」

正直、どうなることかと思った場面もあったが、どうにかやり過ごすことができた。

なくなった群青兎の肉については誤魔化《ごまか》せたし、唯一の目撃者であるヘレナはおれたちに協力してくれている。これからの対策も取った。やり残したことと言ったら、ヘレナに対するフォローくらいのものだが、村に着くのは明日の夕方頃だし、それまでの間なら、話をするのはいつでもよかった。

本来の目的である開拓村での長期滞在についても一定の目途《めど》が立っているし、ずっと気にかかっていたシランのことも解決した。

まずは一安心と言っていいだろう。おれは小さく吐息《といき》をついた。

そのとき、御者台に座るおれたちの背後で、車内を隠す覆《おお》いが持ち上げられた。

「真島先輩、ローズさん」

車のなかから、加藤さんが顔を出した。

「どうした、加藤さん」

おれは緩《ゆる》みかけていた気を引き締め直した。

「なにかあったのか?」

「え? ああ、いえ。違います。そういうことではないんです」

きょとんとした加藤さんは、笑って手を振った。

「ちょっと、なにをしてるかなと思いまして」

「……ああ。なんだ、そういうことか」

なにか用があって、顔を出したわけではないらしい。

シランのことが頭にあったから、つい早とちりをしてしまった。

「おふたりは、なにを話していたんですか?」

微笑《ほほえ》みを浮かべた加藤さんは、おれとローズとを見比べると、小さく首を傾げてみせた。

「ひょっとして、ローズさんの話でしょうか?」

「ローズの?」

なんの話だろうか。心当たりがない。

「あれ? まだ話していないんですか。ローズさん、作っていたモノの進捗《しんちょく》がうまく行きそうだって、嬉しそうにしていたんですけど」

「そうなのか？」

視線を向ける。

ローズは少し躊躇《ためら》う素振《そぶ》りを見せたあとで頷《うなず》いた。

「なんだ。話してくれればよかったのに」

「いえ。ご主人様は群青兎の討伐《とうばつ》や、村のエルフの方との折衝など、お忙しくされていましたし、それ以外の時間も、ガーベラたちのお相手をされていました。完成報告ならともかくとして、途中経過に関する些細《ささい》な話に付き合っていただくわけには……」

いかにもローズらしい、遠慮深い理由だった。

もっとも、それがおれの意に沿うものであるかどうかといえば、また別の話だ。

どう言ったものかなと考えたところで、加藤さんがずいと身を乗り出した。

「駄目ですよ、ローズさん」

華奢《きゃしゃ》な指が、ローズの頬《ほお》をつついた。

「そんなこと言ってたら、必要なこと以外、なにも話せなくなっちゃうじゃないですか」

「真菜……」

「そうだな。加藤さんの言う通りだ」

おれはありがたく、加藤さんの言葉に乗らせてもらうことにした。

「変な遠慮なんてするな。ローズと話をするのは、おれにとって楽しいことなんだから。おれから楽しみを取り上げないでくれ」

「……承知しました」

ローズはこくりと頷《うなず》いた。

白い長手袋を付けた手をもじもじとさせつつ、こちらを見詰める顔には、ぎこちなさのずいぶん薄れた笑みが浮かんでいる。

どきりと胸が高鳴るくらいに、愛らしい表情だった。

なんとなくローズの顔が見ていられなくなって、さりげなくおれは視線を前方に逃がした。

「……」

前々から、こんなふうに、ローズにはたまにどきりとさせられる瞬間がある。

女性らしい装いをするようになり、顔を仮面で隠すのをやめて、自然な表情を出せるようになるにつれて、そうした機会は確実に増えていた。ここのところ、なぜだかローズと話す時間が以前より長くなっているので、尚更、そんな変化を自覚せずにはいられない。

本当になんの根拠もない感覚の話なのだが……なにやら包囲網が狭まっているような錯覚《さっかく》さえあった。

追い詰められているようなその感覚は、決して不快なものではなく、ただ、ほんの少しばかり気分を落ち着かないものにさせた。

その落ち着かなさを誤魔化《ごまか》すように、おれは口を開いた。

「それで、ローズ。さっき加藤さんが言っていた進捗《しんちょく》というのは、なんの話だ？」

「はい。魔動車の研究についてです」

「魔動車の？ ……そういえば、前々から調べてはいたな。ひょっとして、ついに作れるようになったのか？」

「いえ。それはまだなのですが、ちょっとした進展がありまして。あとは、新装備についても、同時並行で試行錯誤していたもののいくつかで形が見えてまいりました」

「ほう。それは楽しみだな」

がたがたと車の立てる振動を感じながら、朗《ほが》らかに言葉を交わし合う。

「どんなものなんだ？ ……と、聞きたいところだが、どうせなら現物を見せてもらったほうがいいか」

「それがよろしいかと思います。ここではお見せできないものもありますし、のちほど、休憩の際にでもお話をさせていただきますね」

「ああ。楽しみにしてるよ」

「はい。ぜひとも感想を聞かせていただきたいです」

創作に関しては、ローズは無邪気だ。うきうきしているのが伝わってきて可愛《かわい》らしい。

さっき告げた言葉に嘘《うそ》はなく、おれはローズとの会話を楽しんでいた。

また、それは気持ちが安らぐひとときでもあった。

現状はひとまず順調とはいえ、おれの目的を果たすためには、これからもクリアすべき壁は多い。先を見据えるのなら、こうした息抜きの時間も必要なのだと感じられた。

話が一段落し、がたごとと車輪の立てる音が響く。

「そういえば」

ふとした様子で、加藤さんが口を開いた。

「最初の話に戻りますけど……」

「なんだ？」

「わたしが来る前の話なんですけど。ローズさんのお話をしていたんじゃないなら、おふたりはなにを話していたんですか？」

半分は話題のとっかかりを探すためのような、何気ない疑問だった。

「シランさんの件についてですよ」

なんでもない口調でローズは答えた。

「ああ。その件ですか」

加藤さんが声を低くした。

「ちょっと心配ですよね」

あどけなさの残る顔立ちに、気遣わしげな色が浮かんでいた。

「シランさん、どうにも不安定な印象がありますから」

「……え？」


その反応は、まるで予想していないものだった。

さっきまで、おれとローズはシランについて、もう安心だという話をしていたからだ。

虚《きょ》を突かれたと言ってもいい。なんの話だと思った。

ただ、疑問を覚えるには、あまりにも遅過ぎたかもしれない。

なぜなら、丁度、そのときだったのだ。

おれの前方を歩いていたエルフたち。その端を歩いていた少女が、なにかを落とした。

手ごろな長さの棒みたいな。


少女の左腕だった。


見間違いかと思った。そう思いたかったのかもしれない。

だが、違った。手甲を付けた腕が、確かに地面に転がっていた。

前腕を肘の近くでばっさりと切り落とされたものだった。

不思議なことに、その断面から血液が零《こぼ》れ出す様子はなかった。

それは、どちらかといえば、『取れた』という表現がしっくりとくる有り様で、そのせいか、どうにもリアリティというものに欠けていた。

マネキンの腕。あるいは、なにかの玩具《おもちゃ》。

そんなふうに見えてしまって、まるで不出来な悪夢みたいに現実感がない。

けれど、それは紛れもなく残酷な現実だった。


……問題は解決したと思っていた。

安心して、気を抜いていた。

もう先のことを考え始めていた。

大丈夫だというシランの言葉が嘘《うそ》だったなんてことも、そうせざるをえないくらいに彼女が追い詰められていたことも、おれは想像さえしていなかったのだ。

次の瞬間、穏やかだった時間を崩す、絹を裂くような悲鳴があがった。

12 らしくない

「きゃあああああっ！」

甲高い悲鳴をあげたのは、リアさんだった。

口元を押さえた彼女は、その場に尻餅《しりもち》をついた。驚愕《きょうがく》に目が見開かれている。強張《こわば》った顔面はかすかに痙攣《けいれん》さえしていた。

その反応を大袈裟《おおげさ》だと、切って捨てることはできないだろう。談笑をしていて、ふとなにかが落ちる音がしたと思って振り返れば、そこに人の腕が転がっていたのだ。恐怖と混乱とに我を失って当然だし、人によっては、気を失っていてもおかしくなかった。

「シ、シラン。あんた……そ、その腕!?」

それ以上は、言葉にさえならなかった。

彼女と一緒に談笑に興じていたケイとヘレナも、小さく悲鳴をあげたきり蒼褪《あおざ》めている。

「……」

彼女たちの視線の先、シランは落ちた自分の腕を見下ろしていた。

いつもは騎士らしく引き締められた顔には、呆然とした表情が浮かんでいる。

そうして5秒ほど、彼女は凍り付いていた。

酷《ひど》ぎこちない動きで、眼帯に半分隠れた顔が持ち上げられた。

そこで初めて、自分に集まる視線に気付いたかのように、びくりと肩が跳ねた。

「あ……」

その瞬間、彼女がなにを思ったのかはわからない。失敗したとは思っただろうし、まずいとも思ったかもしれない。うしろにいたおれからでは、彼女の顔は見えなかったから、そこは想像するしかない。

ただ、彼女が酷く動揺していたことだけは間違いなかった。なぜなら、次にシランが取った行動は、どうにも彼女らしからぬものだったからだ。

「……っ」

シランは落ちた腕を拾い上げると、道の脇にある森のなかに身を翻《ひるがえ》したのだ。

まさかそんな行動を取るとは思いもしなかったおれは、完全に虚《きょ》を突かれてしまった。

数秒の意識の空白。

はっと我に返って、おれは車にブレーキをかけた。耳障りな音が鳴り響き、大きな振動が尻を浮かせた。減速が停止にまで至る数秒さえもどかしく、御者台から飛び降りた。

「シランッ!」

焦りが胸中を焼いていた。いまのシランの行動は、どう考えても失敗だった。思いもよらないアクシデントに混乱したのかもしれないが、逃げ出したところで問題が解決するわけではないのだ。意味がないし、軽率とさえ言えた。すぐにでも、連れ戻さなければならなかった。

「ご主人様！　わたしもお供いたします！」

ローズが追い掛けてくる気配があったが、待ってはいられなかった。

混乱するリアさんと、立ちすくむケイ、強張《こわば》った顔をしたヘレナの傍を通り抜け、シランが消えた茂みのなかに勢いよく飛び込む。

道を一歩外れれば、そこは深い森のなかだ。

立ち並ぶ木々が邪魔になって、シランの姿はすでに見えない。

「っ！　そっちか！」

かすかな物音が聞こえた気がして、おれはそちらに駆け出した。

広がる枝葉を掻《か》き分けて走る。

しかし、すぐに足をとめることになった。

「……くそっ」

シランの姿を見付けることはできなかった。

咄嗟《とっさ》におれは、感知能力のある『霧《きり》の仮宿』の魔法を使用することを検討した。しかし、あれはそれなりに高度な魔法だ。サルビアの補助があるにせよ、魔力を練り上げるのには相応《そうおう》の時間がかかってしまう。その間に、シランは効果範囲内から抜け出してしまうだろう。

「ご主人様！」

振り返れば、こちらに駆けてくるリリィとローズの姿が見えた。

「シランさんはどうなりましたか?」

先に到着したローズが尋ねてくる。

「……見失った」

答える声は、苦いものになった。

「リリィ。追跡を頼む」

「うん」

数秒遅れで駆け付けたリリィの表情も冴えない。状況は悪かった。

おれたちの事情を詳しく知らないリアさんやヘレナに、まずいものを見られてしまった。

昨夜は病気だと言って誤魔化《ごまか》したが、今回はそれも難しいだろう。

今頃、加藤さんあたりが言い繕《つくろ》ってくれているだろうが、それで誤魔化し切れるものでもない。腕がもげたことの言い訳なんて、どうやったって利くものではないのだから。

そして、問題はそれだけではなかった。

「ご主人様。シランさんの身に、いったい、なにが起こっているのでしょうか」

においを追い始めたリリィのあとをついて歩き出すと、最後尾を行くローズが尋ねてきた。

戸惑いを隠せない様子だった。

「あのように唐突に腕が落ちるなどとは……わたしのような人形の身でもあるまいし、なにか尋常ならざる事態が起こっているように思えます」

「正確なところは、おれにもわからない」

前に進む足はとめることなく、おれは答えた。

「ただ、あの腕の傷は、チリア砦《とりで》で十文字《じゅうもんじ》に切り落とされたものだった」

「十文字というと、チリア砦でご主人様と敵対した、探索隊の？」

「ああ。そうだ。……そういえば、ローズはあの場にいなかったんだったな」

チリア砦襲撃《しゅうげき》事件の際、ローズは直前に大きな損傷を負っていた。異変に気付いて駆けつけたガーベラとは違い、十文字とも顔を合わせていないし、当然、シランがアンデッド化した場面も目撃していない。

「以前にシランは、十文字に左腕を切り落とされたことがあるんだ。そのあと、アンデット・モンスターになったことで、切り落とされた腕は繋がったんだが……さっき左腕がもげた位置は、その切り落とされた箇所だった。ただの偶然とは考えづらい」

「それではまさか……シランさんは、アンデッド・モンスターの体を維持できなくなっているということですか？」

およそ全容を把握《はあく》したローズが、しかるべき結論に辿り着いた。

「お待ちください。確か昨日のお話では、アンデッド・モンスターのものであるシランさんの体は、魔力によって維持されているということでした。とすると、原因は……」

「魔力不足だろうな。それも重度の」

魔力で動いている以上、それが不足すれば、活動を維持できなくなるのは道理だ。

昨日もシランはそう言っていたし、現在の状態もそれで説明がつけられる。

「だけどさ、ご主人様」

今度はリリィが声をあげた。

前を行く彼女は、ちらりと振り返って尋ねてきた。

「昨日、シランさんからは『もう大丈夫だ』って確認を取っていたよね。なのに、どうして、そんなことが？」

「それは……」

もっともな疑問だったので、おれは少し考え込んだ。

「……普通に考えるなら、あれでは足りていなかったということだろうな」

目の前に飛び出す枝を払いながら、答えを返した。

「実際には、もっとたくさんの魔力が……モンスターを食べることが必要だったんだろう」

「うん。わたしもそこは同意見。だけど、だったらシランさんは、どうしてそれを昨日の時点で言わなかったんだろうね？」

「それは……必要な数が増えれば、負担も相応《そうおう》のものになるからじゃないか？　シランのことだ。気を遣っておれたちに隠していたとしても、おかしくは……」

言いかけたところで、おれは眉を寄せた。

言葉が舌の上を滑るような感覚があったのだ。なにか妙だと思った。

シランが気を遣って、自分の不調を隠していた。平時であれば、なるほど、ありそうな話だと思っただろう。

しかし、シランは昨日、そのせいでヘレナに異様な行動を目撃されたばかりだ。

それなのに、今日もまた、同じような失敗を繰り返したというのだろうか？

シランはそんな軽率な人間だっただろうか？

「……」

気付けば、足がとまっていた。

一度気付いてしまえば、違和感は膨《ふく》れ上がるばかりだった。

そもそも、一回目の失敗である昨日の件にしたところで、おかしくはないだろうか？

おれたちに話を通してさえいれば、シランが『モンスターを狩らなければならないこと』は、大した問題ではなかった。それなのにひとりで抱え込んで、ヘレナに正体がバレかけるという失態を演じた。さっきローズも言っていたが、シランらしくもない判断ミスだった。

あれは本当に、単なる判断ミスだったのだろうか？

今更ながら、そんな疑問が胸に浮かんだ。

「ねえ、ご主人様」

同じことを考えたのだろう。表情を曇らせたリリィが口を開いた。

「昨日のシランさんが言っていたのは、本当の話だったのかな?」

「……シランが嘘《うそ》をついていたっていうのか」

「そこまでは言わないけど。ひょっとしたら、話していなかったことがあったんじゃないかなって。だって、ただ気を遣っていただけなら、いくらなんでもシランさんがこんな失敗をするなんて思えないもの」

「……」

反論の言葉は出てこなかった。

むしろ、リリィの言葉を聞いたことで納得したところもあった。

さっきのシランの行動についてのことだ。腕が落ちたあと、シランはその場を逃げ出した。混乱から、咄嗟《とっさ》に体が動いてしまったのだろうと解釈していたが、考えてみれば、あれもシランらしくない失敗だった。

らしくもないミスを三度も繰り返したというよりは、逃げ出すに足るような事情があったというほうが、確かに説得力があった。

けれど、それが正しいとすると、おれは途方に暮れるしかなかった。

「シランはなにを隠しているんだ……?」

心当たりがまったくなかった。

「どうして話してくれない？」

これでは追い付いたところで、どうしてやればいいのかわからない。

なにもできないだけなら、まだいい。不用意な言葉をかけてしまえば、なにかを隠しているシランに、更に負担をかけてしまう懸念《けねん》さえあった。

迂闊《うかつ》に動くこともできない現状に、おれは奥歯を噛み締めた。

そのときだった。

「旦那様」

虚空に霧《きり》が生まれ、その霧が人の形を取った。

現れたのは、濃い金褐色の髪を揺らめかせる妙齢の女性だった。

「……サルビア？」

「少しいいかしら」

普段のおっとりとした雰囲気を少し険しいものにして、サルビアは口を開いた。

竜淵の里以来、彼女が顔を出すのは久しぶりだ。

ここで彼女が出てくるとは思わなかったので、おれは虚《きょ》を突かれた。

しかし、本当に驚くのはこれからだった。

「シランさんのことについて、ちょっと話があるの」

「……なに？」

サルビアが切り出した話に、おれは目を見開いた。

まさかと思いつつも尋ねる。

「シランの事情について、サルビアはなにか知っているのか？」

「ええ」

これに、サルビアは首肯を返した。

「旦那様の推測通り、彼女は隠し事をしているわ」

断言さえしてみせる。

どうやら本当に、彼女はなにかを知っているらしい。それほどシランとの関わりがあるわけでもないサルビアが、どうしてそんなことを知っているのか……気になりはしたが、とりあえずは後回しだ。

「教えてくれ」

おれは一歩、サルビアに詰め寄った。

「シランの身になにが起こっている？　おれに、なにかできることはないか？」

「あるわ」

これもまた、肯定で返された。

「むしろ、旦那様にしかできないことがあるのよ」

「……なに？」

予想外の返しだった。

「おれにしかできないこと？」

「ええ。旦那様だけが、いまの彼女をどうにかできるかもしれない」

引っ掛かる物言いをしたサルビアは、更に続けて言った。

「ただし、シランさんはそれを望んでいないかもしれないけれど」

「それは、どういう……？」

ますます困惑するおれを、サルビアは厳しい眼差《まなざ》しで見詰めた。

「旦那様。もしも、あなたがシランさんを救いたいというのなら……」

真摯《しんし》な言葉が紡《つむ》がれる。

「あなたは、あの子を壊さなければならない。その覚悟が、あなたにあるかしら？」

13 見逃していたすべて

――シランの身にまつわる今回の騒動について、疑問点はふたつある。

ひとつは、彼女がなにを隠しているのかということ。

もうひとつは、なぜそれを隠しているのかということだ。

一番ありそうなのは『気を遣って』という理由だが、これは考えづらい。昨日それで失敗したばかりなのに、また同じ失敗をしたというのは、あまりにも不自然だからだ。

それでは、なぜなのか？

サルビアは助言をくれた。

いまのシランに対して、おれにはしてやれることがあるのだと。

けれど、だったら、こんなことになる前に、対処することもできたはずだ。

それなのに、シランが相談を持ち掛けてこなかった理由がわからない。

結果として、リアさんやヘレナに秘密を晒《さら》す羽目になったのだから、尚更だった。

今回の事態は、回避可能なものだった。冷静に考えることさえできれば、どうすべきだったかは、誰の目にも明らかだ。あのシランなら判断を誤るような場面ではない。

あのシランなら。

……そんなふうに考えていたからこそ、ここに至るまでのすべてを、おれは見逃してしまったのだった。

◆◆◆

おれが見付けたとき、シランはひとり、深い森のなかで座り込んでいた。

端的に言って、危険な状況だった。

ここは世界で最大の危険地域、数多のモンスターが蔓延《はびこ》る樹海だ。三層に分類されるうちでは最もマシな、表層部と呼ばれる領域とはいえ、命の危険があることには変わりない。

そんな場所にひとりでいるのに、シランには自分の現状に頓着《とんちゃく》する様子もなかった。

それは、精強で知られる同盟騎士団の元副長であり、樹海北域に限れば最高の騎士と謳《うた》われた自負から来る、余裕の表れだろうか？

いや。そうではないだろう。

そもそも彼女はそうしたタイプではないというのもあるが、それ以前の問題として……余裕などという言葉は、いまのシランの状態からは縁遠かったからだ。

少女が現状を気にしていない理由は、ただひとつ。それどころではないからだった。

「……ない。……がらない」

耳を澄ませば、少女がつぶやく声が聞こえた。

ぶつぶつと、延々と、壊れたラジオのように。

「つながらない。つながらない。つながらない」

泣きそうな声で。

青白い顔に、虚《うつ》ろな絶望の表情を浮かべながら。

「つながらない……！」

取れてしまった左腕を、シランは必死で繋げようとしていたのだった。

けれど、いくらやっても無駄だった。左腕は接着することなく、手を離せば地面に落ちてしまう。シランはそのたびに、同じ行動を繰り返した。

ぽとりと落ちた腕を、また拾い上げては繋げようとする。

何度も。何度も。まるで壊れた機械のように。

こんな徒労を、どれだけ繰り返したのだろうか。

「……駄目」

ついにシランは、ぴたりと動きをとめた。

「つながらない」

呻《うめ》いて、ゆらりと少女は立ち上がった。

「魔力が、足りない」

焦燥感《しょうそうかん》に擦り切れそうな声だった。

「モンスターを、探さないと……」

眼帯に隠されていない左目には、追い詰められた者に特有の狂気に近い光が宿っていた。

「大丈夫。まだわたしは、大丈夫」

自分に言い聞かせるように繰り返す。

そんな姿こそが、まったく尋常なものではないことに、当人だけは気付かない。

「モンスターを探して、食べて、そうすれば……」

言葉が途切れた。

正面に立っていたおれのことに、ようやく気付いたからだった。

「孝、弘殿?」

唖然《あぜん》とした声が漏れた。

「リリィ殿に、ローズ殿も」

隻眼が、おれのうしろに控えるふたりを捉えた。

追い詰められていたせいで、まともに動いていなかった頭が、事態を正しく認識していく。

その過程が、ありありと読み取れるようだった。

「……ああ、追い掛けてきてくれたのですね」

呆然としていた顔に、笑みが浮かんだ。

ほんの数秒のうちに、先程の追い詰められた様子は、欠片《かけら》も残さず掻《か》き消えていた。

「ありがとうございます、孝弘殿。どうも、ご迷惑をおかけしてしまったようです」

穏やかな声であり、落ち着いた物腰だった。

先程の追い詰められた様子など、夢幻《ゆめまぼろし》であったかのようだった。

「逃げるように飛び出してしまって申し訳ありません。突然のことに動揺してしまいました」

そう言って、シランは律儀《りちぎ》に頭を下げた。

動揺から失敗してしまって、迷惑をかけたから謝罪する。潔く、誠実に。まさに騎士らしい振る舞いだ。

……さっきまでの彼女を見ていなかったら、そんなふうに思えたかもしれない。

ああ。本当に、自分の愚《おろ》かさに吐き気がする。

どうしてシランが事情を伏せていたのか。

その理由。

先程の光景こそが、その答えだった。

シランは追い詰められていた。その胸には絶望があり、恐怖があった。

それらは、これまでおれが想像もしなかったものだった。シランは高潔な騎士であり、揺るがぬ信念を持ち、芯のある強い人間だと思い込んでいた。

いや。事実そうなのだ。

しかし、おれが思い込んでいたほど、それは絶対的なものではなかった。なにがあっても絶望も恐怖もしないほどに、揺るぎのないものではなかった。

当たり前のことだ。シランにだって、弱いところくらいあるだろう。

そう。そんなの当たり前のことなのに、これまでおれは、それに気付いてやることができなかったのだった。

だから、これはおれのミスだ。その責任は、取らなければならなかった。

おれは拳を握り締めた。

すでにサルビアからは、『シランがなにを隠しているのか』話を聞いていた。

自分にしかできないことというのが、なんなのかも。

それが彼女にどのような影響を及ぼしうるのかということも。

知らされていたし、だから覚悟はできていた。

「孝弘殿？」

不穏なものでも感じ取ったのか、訝《いぶか》しげにシランがこちらを見た。

けれど、もう遅い。おれは背後のリリィとローズに命じた。

「取り押さえろ」

下《くだ》された命令を聞いたふたりに、動揺はなかった。

速やかに前に出ると、シランの体に手をかけた。

「た、孝弘殿……？」

まったくと言っていいほど、シランは抵抗しなかった。唐突な展開に戸惑うばかりで、まともな反応ができていない。やはり本調子ではないのだろう。

片腕がなく、魔力不足で弱った体では、リリィとローズのふたりがかりに敵《かな》うはずもないが、抵抗がないに越したことはない。彼女が戸惑っているうちに、すべてを終わらせてしまうべきだろう。おれはシランに歩み寄りながら、腰の剣を抜いた。

仰向《あおむ》けに押さえ付けられたシランの両脇に膝《ひざ》をつく。

「なにを……!?」

さすがに動揺するシランの目に、おれの掲げた白刃《はくじん》の煌《きら》めきが映り込んだ。

──旦那様。もしも、あなたがシランさんを救いたいというのなら……。

真摯《しんし》な声が、脳裏に蘇《よみがえ》った。

──あなたは、あの子を壊さなければならない。その覚悟が、あなたにあるかしら？

問われるまでもない。おれは躊躇《ためら》いなく剣を閃《ひらめ》かせた。

鋭い刃が、肉を裂いた。

「……え？」

唖然《あぜん》とした声があがった。

「た、孝弘殿……？」

シランの青白い肌に、対照的な朱の色がぱたぱたと散った。

鮮血だった。

おれの左手から、零《こぼ》れたものだった。

このために、もともと手甲は外していた。ローズ謹製《きんせい》の剣の切れ味は素晴らしく、掌《てのひら》は真一文字に裂けていた。鋭い痛みが走ったが、覚悟はしていたので表には出さない。

おれは無表情のまま、その手をシランに差し出した。

更に数滴、血液がシランの頰《ほお》を赤く彩《いろど》った。

普通なら、なんの意味もない自傷行為だ。けれど、この場面に限っては、そうではなかった。

「……ぁ」

現実に、ようやく認識が追いついたのか。シランが小さな吐息《といき》を漏らした。

変化は劇的なものだった。

「ぁ、ァァ……」

大きな眼帯に隠されて、半分だけ露《あら》わになったシランの顔に、飢《う》えが色濃く浮かび上がった。

あたかも、おれの体に流れる血液が呼び水であったかのように。

いいや。事実、そうなのだろう。これこそが、シランの隠していたモノなのだから。

◆　◆　◆

シランのアンデッドの体は魔力不足に陥っており、そのせいで不具合が出ている。

モンスターの屍《しかばね》を食べることで、魔力を得ることができる。

これらは昨日、シランが語っていたことで、まず事実と考えていい。実際、これまで知り得てきた事実とも矛盾《むじゅん》はなかった。

けれど、それならどうしてシランの腕は、突然、千切れて落ちたのか。

魔力を得ること自体はできていたことを考慮すれば、考えられることはひとつだ。

それでは足りなかったのだ。

さほど不思議なことでもない。モンスターの屍を喰らうことで得られる魔力は微々たるものだ。魔力不足に陥った体には、それではまったく足りていなかったというだけの話だ。

どうせ摂《と》るなら、もっと魔力に溢《あふ》れた食材でなければならない。

それがつまり、おれのことだった。

サルビアにこの話を聞いたとき、おれは深く納得した。

たとえば、アサリナのことを考えてみればいい。おれの左手の甲で発芽した彼女は、突然変異のユニーク・モンスターとして、この世に生まれることになった。それは、彼女が寄生したおれの体が転移者のものだったからにほかならない。

圧倒的な速度で敵を討ち、光の剣でモンスターの群れを焼き払い、神々しくも巨大なドラゴンに変化し、あるいは、パスを繋いでモンスターと心を通わせる。

それらの力が、どれも魔力によって行われていることを考えてみれば、転移者の血肉がモンスターのそれより遥かに上等な魔力源であることは明らかだ。実際、以前に工藤陸はこの点に目を付けて、転移者を喰わせることで、配下のモンスターの強化を狙ったことがあった。

付け加えて、おれとシランとの場合、相性の良さも関係している。

おれと眷属《けんぞく》たちを繋ぐパスは魔力による繋がりであり、眷属たちの魔力がおれに流れ込んできていることは、すでに知っての通りだ。

ならば、その逆もまた然り。関係のない転移者よりも、おれの血肉を口にしたほうが、魔力の摂取効率は格段に良いものになるだろう。

そして、実のところ、この方法には実績もあった。

チリア砦《とりで》でシランがアンデッド・モンスターになったばかりのときのことだ。グール状態で暴走する彼女の理性を取り戻そうとしたおれは、パスの繋がりを強化するために彼女と肉体的な接触を試みた結果、肩口に喰いつかれてしまった。

それ自体はパスを強化するのに役立ったのだが、ここで取り上げたいのはそこではない。

重要なのは、シランがおれに喰らいついていたということだ。

あのとき、シランはおれの血液を舐め取っていた。

ぴちゃぴちゃと、子猫がミルクを飲むように。

あるいは、娼婦《しょうふ》の淫靡《いんび》さを以ってして。

彼女らしからぬ蕩《とろ》けた表情を、妖花《ようか》のような雰囲気を覚えている。

あれはどういうことだったのか、いまならわかる。

モンスターの肉なんて、その場しのぎの代替品に過ぎない。

真島孝弘の血肉こそが、彼女にとっては最高の食材なのだ。

ゆえに、シランは抗えない。

「ア、アァア……」

死に至る寸前の飢《う》えに苛まれていたところで、目の前に極上の食事を用意されたようなものだ。理性など、軽く吹き飛んでしまって当然と言える。

「アァ……」

半開きになった口許。茫漠《ぼうばく》とした目。

シランは首を伸ばすと、差し出された手に滴《したた》る血液を舐め取ろうとして——

「……駄目、です」

その寸前に、ぎりりと白い歯を噛み締めた。

「シラン。お前……」

さすがに、これは予想外だった。

まさかこの状況で、理性を取り戻すとは。

理性を吹き飛ばすほどの飢えが、常時どれだけの苦痛を彼女に与えているのかを考えれば、生半可な精神力で為せることではない。

あるいは、それほど、この行為をおぞましいものとして嫌悪しているのか。

モンスターとしての体は、それだけ彼女を苦しめていたということなのか。

以前、チリア砦《とりで》を出たばかりの頃、立ち寄った開拓村での出来事が、脳裏に蘇《よみがえ》った。

——……考え直してください、孝弘殿。

あの夜、シランはおれの体に起こっている変化を指摘した。

ガーベラと同じ魔力を持つようになったことに触れ、このままでは人間ともモンスターともつかないものになってしまうかもしれないと警告し、もう剣を握るべきではないと諭《さと》して……

それでもおれが聞き入れずにいると、彼女らしくもなく激昂した。

あれはどういうことだったのか。

人ならざるものへの変化を恐怖していたのは、本当は誰だったのか。

いまならわかる気がした。

「……やめてください、孝弘殿」

力ない口調だった。

懇願《こんがん》するような視線が、こちらを見上げている。衰弱死寸前に、弱った様子だった。

実際、その印象は間違いというわけではない。これまでの経緯を思い返してみる限り、このまま放っておけば、近くシランは体を維持できなくなるだろう。モンスターを喰らうのは、あくまで対症療法でしかないのだ。場当たり的なものであり、衰弱を喰い止める効果はあっても、回復を促《うなが》す類のものではない。これだけ弱ってしまえば、もはや効果は望めない。

彼女を救いたいのなら、血を飲ませるのは必要な行為だった。

たとえそれが、彼女を深く傷付ける行為だったとしても。

「……悪い、シラン」

おれは血に濡れた左手を、シランの口許に近付けた。

14 少女の救済

時の流れが、とてもゆっくりなものに感じられた。

まるで苦痛が、時間に重りを付けているかのようだった。

しかし、どんなことであれ、必ず終わりは来るものだ。

すべてが終わったあと、おれは誰にも気付かれないように小さく吐息《といき》をついた。

酷《ひど》い疲労感に襲われていた。血を失ったからというより、精神的なものが大きかった。

「大丈夫、ご主人様?」

「ああ」

リリィの問いに、半ば無意識のうちに頷《うなず》く。手を握られた。

「いま、治すね」

リリィが回復魔法をかけ始める。途中、血がとまってしまって、何度か改めて傷付けたものの、どれもそれほど深い傷ではない。ほどなく傷は塞がるだろう。

けれど、魔法でもそう簡単には癒《いや》せないものがある。

座り込んだシランに、おれは目をやった。

項垂《うなだ》れる彼女の腕は、もう繋がっている。小康状態は確保できたと言えるだろう。

しかし、問題は継《つ》ぎ接《は》ぎの体ではなく心のほうだ。こちらは癒《いや》すのが難しい。

「……」

もっと良い手段が、誰もなにも傷付かない手段が、どこかにあったのではないか。

そんな思いが脳裏を過《よぎ》った。

けれど、そんな夢みたいな手段は思い付かなかった。

それでもシランを助けたかった。だから、おれは彼女を傷付けた。

どう言い繕《つくろ》おうと、それは事実だ。その責任から逃れるつもりはなかった。

「……シラン」

深呼吸をひとつしてから、呼び掛ける。

ややあって、地面に視線を落としたまま、シランの口元が動いた。

「お手数をおかけしました」

「……」

正直、罵《ののし》られてもおかしくないと思っていた。

たとえ助けるためだとしても、彼女が深く嫌悪していたことを行ったのは事実だからだ。

ましてやシランは、あれだけ追い詰められていた。感情的になってしまっても仕方ないし、
どのようになじられようとも、おれはそれを受け止めるつもりでいた。

けれど、彼女の口から出たのは恨み言ではなく、謝罪の言葉だった。

「あのままいれば、飢《う》えに追い詰められて、またご迷惑をおかけしたかもしれません。それところか、取り返しのつかないことが起こった可能性もあります。冷静さを欠いていたようです。申し訳ありませんでした」

平静を取り戻したシランは、自分のなかの負の想いを、他人にぶつけるような真似はしなかった。それがなんだかやるせなかった。

「しかし、お気付きになるとは思っていませんでした」

おれ以上に疲れ切った声で、シランは続けた。

「隠しおおせているつもりだったのですが」

「気付いたのはおれじゃない。サルビアが教えてくれたんだ」

「サルビア殿が？」

これは意外だったのか、のろのろとシランは視線を上げた。

「どうして彼女が……？」

「あいつは『霧《きり》の仮宿』。望みを現実にする異界を作り上げるモンスターだからな。『望みを現実にする』以上、当然、あの魔法には『望みを汲《く》み取る機能』が備わっている。そして、サルビアは『霧の仮宿』の魔法そのものが人格を持ったモンスターだ」

「それでは『霧の仮宿』に迷い込んだ数日のうちに？」

「ああ」

サルビアはあの時点で、シランの隠し事に気付いていたらしい。

思い返すと、そんなふしもあった。

「とはいえ、考えを読み取っているのではなくて、あくまで、読み取れるのは強い望みに限るという話だけどな」

「なるほど、そういうことでしたか」

自嘲するように、シランは乾いた笑みを浮かべた。

「孝弘殿の血肉を啜《すす》りたいというわたしの浅ましい願いは、彼女には筒抜けだったというわけですね」

「いいや。それは違う」

おれはきっぱりと、この言葉を否定した。

「『血肉を啜りたい』というのは欲求であって、願いじゃないだろう。むしろ逆だよ。あいつが読み取ったのは、『血肉を啜りたくない』という願いのほうだ」

シランのこの願いに、おれは気付いてやれなかった。

シランがモンスターの肉を摂取しなければいけないことを、おれは『たいした問題ではない』と認識していた。協力すれば、モンスターを狩るのは難しいことではないのだからと。

けれど、これは間違いだった。問題とするべきところを取り違えていた。

ちょっと想像したらわかることだった。

自分が狩った獲物の肉に歯を立てて、貪《むさぼ》り食わなければならない状況とは、どのようなものなのか。

ましてや、その対象に人間が含まれていたのなら？

それは、きっと地獄だ。人々の命を守るために必死で戦ってきたシランにとって、とても堪《た》えられない苦痛だったに違いない。

「悪かった、シラン。おれが気付いてやれなかったばっかりに」

シランの毅然《きぜん》とした態度を見て、これなら大丈夫なのだろうと思ってしまった。

騎士としての彼女の輝きに、目が眩《くら》んでいた。

「……いいえ。孝弘殿が謝ることなど、なにもありません。わたしは、自分でも大丈夫だと思っていたのですから」

シランはゆるゆるとかぶりを振った。力ない仕草だった。

「この身がモンスターのものになってから、様々なことが変わりました。食事も睡眠も必要なくなり、肌は温《ぬく》もりをなくしました。それでもわたしは、自分はどんなときでも人々を守る騎士としてあれるのだと思っていました。こんな体になったわたしを、団長は騎士団に置いてくれたから、たとえこの身がどうなろうとも、自分のありようは変わらないと確信できたのです」

チリア砦《とりで》襲撃《しゅうげき》事件があったすぐあと、自分は面倒事の種になると気にしていたシランを、団長さんは騎士団に引き留めた。騎士を続けられることになったと報告してくれたときの、とても嬉しそうなシランの顔を覚えている。

自分がこれまでとはまったく違った存在――アンデッド・モンスターになってしまったことに不安がないはずがなく、団長さんの言葉は、きっとシランにとって大きな心の支えだったに違いない。自分は騎士だという自負が、彼女を支えていたのだ。

だからこそ、騎士団の解散は、大きな痛手ともなりえた。

「これまでも、これからも。騎士として己の道をまっとうするだけだと、そうできるのだと信じていました。けれど、マクローリン辺境伯の手によって団長は拘束《こうそく》され、騎士団は解散してしまい、わたしは騎士ではなくなりました。……悪いことというのは重なるものです。その頃から、わたしは飢《う》えに襲われるようになりました。それは、普通の食事を摂《と》ったとしても、決して満たされることのない飢えでした」

表面上は淡々とシランは語った。それだけに、よりいっそう悲惨だった。

「最初は、なにが起きているのかわかりませんでした。ですが、すぐに理解しました。……ぞっとしました。モンスターを見て、『あれは食べられるな』と思う自分がいるのです」

ひとつきりの瞳《ひとみ》が、かすかに震えた。

そのときの衝撃を思い出しているのかもしれない。

「いいえ。それだけではありません。本当におぞましいのは、そこではないのです。モンスターだけではなく、わたしは……」

「もういい、シラン」

痛ましいほどに濃い恐怖の色が瞳《ひとみ》の奥に凝《こご》っているのを見て、おれは話をやめさせようとした。けれど、シランは強い口調でこれを拒んだ。

「いえ。話をさせてください。わたしは、すべてを告白しなければならないのです。わたしが黙っていたせいで、みなに迷惑をかけてしまった。これはわたしの愚《おろ》かさで、責められるべき罪なのですから」

その頑《かたく》なさは、自罰《じばつ》の念の現れなのだと感じられた。

「わたしは、孝弘殿を『そういう目』で見ていたのです。ふとした瞬間……特に、体温を感じてしまうと駄目でした。たとえば、精霊使いの鍛錬《たんれん》をするために、孝弘殿と手を重ねているとき。その感触が、伝わる体温が、信じられないほどに心地良いものに感じられました」

なにかに憑《つ》かれたように、シランは語り続けた。

「そんなふうに感じられたのは、この身が温度のない冷えた体だからかもしれませんし、あるいは、死者が生者に寄せる浅ましい羨望《せんぼう》のせいなのかもしれません。ともすると、わたしはその心地良さに溺れてしまいそうになって……そうしたすべてが、血生臭い欲求へと繋がっていったのです」

話すうちに、徐々に声は調律を外していく。その不安定な在りようは、これまで隠されてきた彼女の内面の表れのように感じられた。

「孝弘殿だけではありません。他の人も、誰も彼も。目にする者すべて、言葉を交わす者すべて。その対象に、例外はありませんでした」

なにかを堪《こら》えるように、ぶるりとシランの体が震えた。

地面についた手が、ぎゅっと握り締められる。

絞り出すような声で、シランは告白した。

「あの子の……ケイのことが、お菓子みたいに感じられる一瞬があるのです」

堪《こら》えきれずに、くしゃりと表情が崩れた。

きっとそれが、一番つらいことだったのだろう。先程、サルビアの『霧《きり》の仮宿』の異界の話が出たが、それでひとつ、おれは思い出したことがあった。

最後の夜、サルビアとの会話のことだ。

あの霧の異界では、迷い込んだ者の望みを叶《かな》えて、多くの『ありえないこと』が起きていた。

それに関して、サルビアはこう言っていた。

――旦那様や真菜ちゃん、あやめちゃん、ケイちゃんは、なにも変わっていなかったわ。

これはつまり、『それ以外のみんなは変わっていた』ということだ。

実際、アサリナはお喋《しゃべ》りができるようになり、引きこもりの水島《みずしま》さんはリリィから抜け出して、ガーベラの下半身は人間のものへと変わっていた。

それでは、シランはどうだったのか？

おれには、ひとつ印象に残っているシーンがあった。

宿の外で稽古《けいこ》をするシランとケイを、二階の窓から見下ろしたときのことだ。

はしゃぐケイがシランに抱き着き、シランはそれを受け止めていた。仲睦《むつ》まじいふたりの、なにげない日常の光景だと思った。けれど、なにかが心に引っ掛かった。

いまならわかる。あれこそが、シランが現実を曲げてでも叶《かな》えたかった『ありえない光景』だったのだろう。

実際、ケイは親しい人との距離が近いタイプだが、この旅の間、シランがケイと触れ合っている姿を、おれは一度たりとも見たことがなかった。きっとシランのほうから、慎重に避けていたのだろう。この旅の間で、『霧《きり》の仮宿』に迷い込んだあの時間だけは、飢《う》えに脅《おびや》かされることなく彼女は他人と触れ合えたのだ。

そんな当たり前の平穏が夢のものでしかありえないのなら、彼女にとって現実は悪夢そのものだったに違いなかった。

「……あの子のことを見て、喉《のど》を鳴らしそうになる自分がいました」

シランの声は、いまやはっきりと濡れていた。

「そうした瞬間……思ってしまうのです。どうしてわたしは、こんなふうになってまで、生きながらえているのだろうと。こんなことになるのなら……あのとき、終わっていればよかったと……孝弘殿は、こんなわたしを助けてくれたのに。感謝しているのは本当なのに……恨むような気持ちが生まれてしまうのです」

懺悔《ざんげ》の言葉はナイフのようで、告白は自傷行為に等しかった。

いいや。表に出さないだけで、ずっと彼女は自身を責め続けてきたのだろう。

今回の一件は、ようやくそれが表に出たに過ぎなかった。

「こんなふうに思うのは、恩知らずなことだと弁《わきま》えています。そんなふうに思いたくなどありません。それなのに、それなのに、わたしは……！」

血を吐くような告白だった。

死肉を喰らわなければならなくなった事実そのものだけではなく、それによって生まれてしまった感情もまた、彼女を強く打ちのめしていた。

そうした気持ちが生まれるのは仕方のないことだし、自分を責めることなんてないと、おれは思う。シラン自身の言う通り、たとえそれが恩知らずな考えなのだとしても……人にはどうしようもなく弱い部分があるのだから。

けれど、シランはそれが許せない。

彼女の潔癖さが、気高さが、彼女自身を苛《さいな》んでいるのだ。

ただでさえ苦しい状態にあるのに、彼女はずっと、自分自身を責め続けてきたのだろう。

そして、今日、ついに破綻《はたん》した。

「……わたしは愚《おろ》かで、騎士に相応《ふさわ》しい人間などではなかったのです」

シランは儚《はかな》く笑った。

張り詰めた糸が切れて、なにもかもが擦り切れてしまった。

そんな様子だった。

隠し事が白日のもとに晒《さら》されてしまい、あれだけ嫌がっていた生き血を飲まされたことが、最後のとどめとなってしまったのだろう。

……いいや。おれがとどめを刺したのだ。

彼女が騎士であった残滓《ざんし》を、彼女を保っていた最後の一線を、壊してしまった。

騎士である彼女のことを、強い人だと思っていた。けれど、騎士ではなくなった彼女には、人として当たり前の弱さがあった。支えを失い、打ちひしがれたその姿は、おれの知っている彼女の姿からはかけ離れていて、とても小さく見えた。

これが、事態に気付いていながら、サルビアがなにも言えずにいた理由だった。

隠し事が明らかになった時点で、シランがどれだけ傷付くか予想ができてしまっていた。

そして、それがひとつの悪い結果を生む可能性を、サルビアは危惧《きぐ》していた。

サルビア曰く、シランが飢《う》えを感じ始めた時期と、団長さんが拘束《こうそく》された時期が同じであることは、恐らく無関係ではない。

この話をするときに、サルビアが触れていたのが、シランと同じくアンデッド・モンスターだった『悲劇の不死王カール』の伝承だった。

以前に竜淵の里で、甲殻竜《こうかくりゅう》マルヴィナと話をしていたとき、ちらっと話にも出ていたのだが、長く生きてきたサルビアは、不死王カールとも面識があった。

気難しい人物だったらしく、さほど親交が深かったわけではないらしいが、それでもサルビアは、彼の身になにが起こったのか、おおまかに把握《はあく》していたらしい。

伝説では、魔道に優れた魔法国家の王であった彼は、恋人であった女勇者の死に狂い、その身をリッチに変じたと伝えられている。

ただ、これは少し、真実とは違うのだとサルビアは語った。

彼女によると、伝承とは違い、女勇者に出会ったときには、すでに不死王カールはリッチだったのだという。シランと同じで、不死王カールも普段は自分の身の上を隠していたらしいので、正確なところが伝わらなかったのだろう。

あるいは、勇者とモンスターとの醜聞《しゅうぶん》を隠す、なんらかの力が働いたのかもしれない。

どちらにせよ、不死王カールは恋人の死に狂って、リッチになったわけではなかった。もともとリッチだった彼が、恋人の死に狂ってしまい、モンスターとして討伐《とうばつ》されたというのが正しい経緯だったのだ。

こうした事実をシランの事例と照らし合わせて、サルビアはひとつの仮説を立てた。

すなわち、『アンデッド・モンスターである彼らは、精神状態によって、グールのような暴走状態に陥る危険を抱えているのではないか』と。

不死王カールは、恋人だった女勇者の死という大きな不幸によって、モンスターとしての一面を暴走させてしまい、最終的に討伐《とうばつ》されることになった。

シランの場合は、心の拠《よ》り所《どころ》であった騎士団が解散し、己は騎士だという自負を失ったことで、アンデッド・モンスターとしての飢《う》えに苛《さいな》まれるようになった。

状況には似通ったところがある。

そして、もしもこの仮説が正しいとすれば、現在の弱り切ったシランの状態は、非常に危ういものということになる。実際、いまのシランは魔力の補給をしたというのに、以前、チリア砦《とりで》で血を舐め取ったときとは比べものにならないくらいに弱っていた。

どうにかしてやらなければならない。

ならば、どうするか？

思い付いた手段は、ひとつしかなかった。

おれはシランに歩み寄った。

「孝弘、殿……？」

顔をあげたシランを――正面から抱き締める。

「な……？」

シランの全身が、驚きで硬直した。

「い、いけませんっ」

すぐにシランは我に返り、弱々しい抵抗を見せた。

「なにを考えているのですか。危険です、孝弘殿……！」

おれの身を気遣ってのことだった。

先程、シランはおれに対する血生臭い欲求について言及していた。そんな相手に近付いて、あまつさえ抱き締めるなんて、確かになにを考えているのかという話だが……。

いまは、こうする必要があった。

態度で、言葉で、おれという人間のすべてを以って、伝えなければならないことがあったからだ。

「なあ、シラン」

ひとりきりで我慢し続けた少女に届くように、心を込めて言葉を告げた。

「たとえシランが騎士でなくても、おれはお前にここにいてほしいよ」

「……ぁ」

先程、シランは言った。

――……わたしは愚《おろ》かで、騎士に相応《ふさわ》しい人間などではなかったのです。

現在の彼女の状態は、この言葉にすべてが表れていると言っていい。

アイデンティティの喪失。騎士であることが彼女のすべてだったから、騎士ではなくなってしまったせいで、自分の芯を失ってしまっているのだ。

それでも、これまで彼女がぎりぎりのところで自分を保っていられたのは、残滓《ざんし》としての騎士の外装があったからだ。

芯がなくても、強固な外装だけで自身を保っていた。

けれど、それもいまはない。ここにいるのは騎士ではなくなったひとりの女の子で、シランは彼女に価値を認めることができない。だから『どうして自分は、こんなふうになってまで生きながらえているのか』とか、『こんなことになるのなら、あのとき、終わっていればよかった』なんてことを考えてしまう。

だけど、違う。そうではないのだ。

そんなふうに、シランに思わせてはならない。

そう強く感じたから、おれは気持ちを行動に移した。いま必要なのは、騎士ではなくなったシランの価値を、他の誰かが認めてやることだと思ったのだ。

これが正しいことなのかどうかはわからない。

ただ、わずかにあった抵抗は、それでなくなった。

「いけません」

ぽつりと、シランは言った。

「……ご迷惑を、おかけしてしまいます」

「それがどうした」

「もうわたしは、なんの役にも立てないかもしれません」

「関係ないな」

「ご自身の血肉を望まれるのですよ？」

「気にしない」

「この身がおぞましくはありませんか」

「そんなことはまったくない」

自身に対するシランの否定を、ことごとく否定する。

「いいか、シラン。そんなのは全然、大した問題じゃないんだ」

すべてを知ったいまだからこそ、あえて、もう一度言う。

「たとえシランが自分をおぞましいものだと思おうと、おれにとって、シランは大事な仲間だ。そこが変わることはない」

彼女の存在を肯定する。

きみはおぞましくなんてないんだと、抱き締める腕で伝える。

やがて、シランの冷たい体が震え始めた。

嗚咽《おえつ》が漏れる。

その震えが収まるまで、おれは彼女の冷えた体を抱き締め続けていた。

15 エルフの絆

シラン個人の問題は、ようやく本当の意味で解決を見た。

だが、これですべてが終わったわけではない。

リアさんたちには、シランの腕が落ちるところを見られてしまっている。まさか何事もなかったかのように戻るわけにもいかないだろう。

かといって、うまく言いくるめられるような嘘《うそ》は思い付かない。いや。たとえ思い付いたところで、おれたちは詐欺師《さぎし》ではないのだ。誤魔化《ごまか》しきれるとも思えなかった。それでは、いたずらに信頼を失ってしまうだけだ。

状況は、すでに誤魔化しきれないところにまできている。

ここは話をするべきだと、おれは判断した。

ただ、シランの身の上を話すためには、眷属《けんぞく》としての彼女の便宜《べんぎ》上の主である、おれの事情にも触れる必要があった。

これまでの交流のなかで、リアさんたちのことは信用できる人物だと認識している。けれど、おれたちの存在を受け入れてもらえるかどうかは、それとはまた別の次元の問題だ。

「申し訳ありません。わたしのせいで……」

「そう気にするな。いずれは、通らなければならなかった道だ」

気落ちした様子を見せるシランを慰《なぐさ》める。

本音のところを言えば、確かにもう少し時間がほしいところではあった。リアさんたちとはそれなりに良好な関係を築けているが、まだ確信を得るには至っていないからだ。

だが、こうなってしまった以上、そんなことを言っても仕方なかった。

「だけどさ、ご主人様。本当に最悪のケースとして、剣を向けられる可能性もあるよね」

慎重な口調で、リリィが尋ねてくる。あえて嫌なことを口にしてくれたのだ。

「そしたら、どうするつもり？」

「それも一応、考慮はしたよ」

気遣いに感謝しつつ、おれは答えた。

「だが、当面は問題ないだろう。開拓村の戦力程度で、おれたちをどうにかすることはできないしな」

「まあそうだね」

精神的にはきついところもあるだろうが、実害はない。

「拒絶されてしまえば、シランの故郷に滞在することはできないから、そこは残念だけどな。そのときは、いちから出直そう」

もちろん、そうならないに越したことはない。

覚悟を決めて、おれたちは元いた場所に戻った。

◆ ◆ ◆

帰還を待っていたエルフたちの状態は、様々だった。

リアさんは、目に見えて情緒不安定な様子だった。

なんというか、いまにも叫び出しそうな危うさがあった。

これでも落ち着いたほうらしく、シランが飛び出して行った直後の取り乱しようは酷《ひど》かったのだそうだ。ロビビアが実力行使で押さえ込んだうえで、加藤さんが言葉を尽くして落ち着かせてくれたのだと聞かされた。ふたりには、感謝の言葉しかなかった。

リアさんに比べれば、ヘレナのほうは、まだしも落ち着いているようだった。

彼女は硬い表情で、じっとおれのことを見詰めていた。

そして、ケイは真っ先にシランに駆け寄ると、感情を爆発させた。

「姉様！　姉様ぁ！」

彼女はシランの帰還を喜び、泣いて、怒って、最後に抱き締めた。

「良かった、姉様……」

「……ごめんなさい、ケイ」

ここ最近はケイとの触れ合いを避けていたシランも、今回ばかりは抱擁《ほうよう》を受け入れた。

飢《う》えが解消されたことで、多少の余裕もできたのかもしれない。

この触れ合いが、シランの心に良い影響を与えてくれればよいのだが……と思いつつ、おれはふたりの姿から目を移した。

いつまでも彼女たちの姿を見ているわけにもいかない。

おれにはおれで、やるべきことがあった。

「すみませんが、リアさん。それにヘレナも。少しお時間いいですか？」

おれはリアさんたちに説明の場を設けることにした。

ちなみに、シランは不参加だ。

彼女自身は参加すると言ったのだが、休んでおくようにと言い聞かせた。

いろいろあって、いまの彼女は精神的に疲弊《ひへい》している。自身の体のことや、事の経緯について、自分の口で話すのはかなりの心理的負担になるし、リアさんたちの反応も読めない。精神面がアンデッドの体に与える悪影響を考えても、ここは休んだほうがいいだろう。みんなのところに帰ってくるまでの道中、そう言い聞かせた甲斐《かい》もあって、シランは素直におれの言葉に従った。

ケイと一緒にシランが車に引っ込むのを待って、おれはリアさんとヘレナに向き合うと、必要な話を始めた。

おれ自身のこと。リリィたちのこと。そして、シランのこと。

いずれどこかで話すことになると考えていたので、澱《よど》みはない。

当然のことだが、話を聞いたふたりのエルフは驚愕《きようがく》した。

というより、信じられないというのが正確だろうか。

彼女たちの常識に、モンスターを率いる能力という観念はない。また、アンデッド・モンスターが理性を持つなんていうのは、王都の劇場で催《もよお》される悲劇の演目のひとつ、かつての王様を題材にしたお伽噺《とぎばなし》くらいでしか聞かないものだ。そうした反応も無理なかった。

とはいえ、車のなかから出てきてもらったガーベラを目にしては、信じざるをえなかったようだ。

途中、リアさんが腰を抜かしたり、気を失いかける場面もあったものの、最後まで話を聞かせることはできた。

「――というわけです」

「お話はわかりました」

話を聞き終えると、リアさんは額《ひたい》を押さえて俯《うつむ》いた。

「ですが、少しお待ちください……」

呼吸が浅い。混乱している様子だった。

「孝弘殿がモンスターを率いる能力者で……リリィ殿たちはその眷属《けんぞく》たるモンスター……シランの体はアンデッド・モンスターのものになっていて……さっきの事故はそのせいだと？ ま

さか、そんなことが……」

完全に許容量を超えてしまったらしい。青白い顔は、それこそ彼女自身がアンデッドであるかのようだった。

もっとも、これが普通の反応だろう。抵抗なく受け入れた団長さんのようなケースが例外なのだ。

これは少し時間を置いたほうが良いだろうか。

時間の経過が良いほうに働くか、悪い影響を及ぼすかはわからない。だが、このままではリアさんは倒れてしまいかねないように思えたのだ。

と、そんなふうに心配をし始めたところで、声があがった。

「お婆様」

沈黙を破ったのはヘレナだった。

「シランが無事に帰ってきて嬉しいと言っていたのは、嘘《うそ》だったの？」

意志の強い声だった。

「どんなかたちであれ、シランが帰ってきたことは事実でしょ？」

おれの話を聞いても、ヘレナはそれほど動揺していないらしい。少なくとも、状況を受け入れたうえで、言葉を紡《つむ》いでいるように見えた。

正直、こうした反応は予想していなかった。

おれの驚きを他所《よそ》にヘレナは続けた。

「その、アンデッドだとかなんだとか？　確かに驚いたけど……そんなのは、どうでもいいことじゃない」

こんなふうに言い切ってしまう。

そこには、単なる勢い任せではない、確固たる意志が感じられた。

「ヘレナ……」

頭から水でもかけられたかのように、リアさんは言葉を失った。

そんな祖母の姿を、怒ったような顔でヘレナは見詰め続けている。

そうして数秒、リアさんの顔に、わずかな笑みが浮かんだ。

「そう……そう、だね。確かに。それは、あんたの言う通りだ」

言葉の意味を確かめるように、ゆっくりとした口調で言う。

しばらくして、リアさんは大きく息をついた。

「ああ、やっぱりわたしは駄目だね。こういうときにどうすればいいのか、咄嗟《とっさ》にわかんなくなっちまう」

首を横に振ると、リアさんはおれに顔を向けた。

顔色はまだ悪いが、視線に揺らぎはなくなっていた。

「ヘレナの言う通りです。その身がアンデッド・モンスターのものであったところで、シランはシランですし、モンスターの主であろうとなかろうと、孝弘殿は孝弘殿です。なにも変わりません」

「というと……」

「ええ。昨晩、夫も言っていた通りですよ」

リアさんは頷《うなず》いてみせた。

「村を助けていただいた恩はなにがあっても消えはしません。シランを助けてもいただきました。そもそも、孝弘殿をアケルに招いたのは、大恩あるアケル王家の方です。孝弘殿にどのような事情があろうと関係なく、わたしたちはあなたを受け入れると申し上げました。その言葉に嘘《うそ》はありません」

そこまで言ったところで、リアさんは苦笑を零《こぼ》した。

「もっとも、そんなことを言っておいて、先程はああも取り乱してしまったのですから、世話がありませんが」

「いえ。おれも、自分の状況については理解しているつもりですので」

「そうおっしゃっていただけますと、ありがたいです」

にこりと笑ったリアさんは、そこで表情を真剣なものに変えた。

居住まいを正し、口を開く。

「樹海では、信頼の置ける味方の存在ほど大事なものはありません。その見極めを間違えれば、集落のひとつなど容易に滅んでしまいます」

その言葉には、村を預かる長の家の人間としての重さがあった。

「孝弘殿にはやんごとなき事情があり、それはわたしたちには受け入れがたいことかもしれないというのは、あらかじめ聞いていたことでした。そのうえで、わたしたちは孝弘殿を受け入れると決めたのです。ここに夫がいれば、きっと同じ決断をしたことでしょう」

紡《つむ》がれる言葉に迷いはない。

樹海に生きるエルフたちは、素朴《そぼく》で、義理堅く、情が厚い。

その事実を、おれは改めて知った思いだった。

リアさんは深々と頭を下げた。

「これからも、どうかよろしくお願いいたします」

16　シランの故郷

翌日、おれはガーベラとの早朝訓練で体を動かしていた。

エルフたちと同伴して旅をしている間も、ガーベラはこっそり夜の間に抜け出していたのだが、やはり窮屈な思いはしていたのだろう。リアさんやヘレナに秘密を明かしたことで、人目をはばかる必要がなくなったのが嬉しいらしく、終始、楽しげにしていた。

おれはといえば、エルフの開拓村で行った半日がかりの模擬戦で掴んだものを、ガーベラとの実戦まがいの訓練で馴らしていた。

少しずつではあるにせよ、着実に身に付いていくものを感じるのは励《はげ》みになる。

……とはいえ、ガーベラにはまるで敵わないのだが。

追い付くとまではいかずとも、いずれ、彼女と肩を並べて戦える日は来るだろうか。

そんな思いを胸に、今日も必死に喰らいついて、久々の訓練は終了した。

◆　◆　◆

「どうしたの、ご主人様？　なにか考え込んでるみたいだけど」

訓練が終わったあと、汗を拭いたりなんなりと世話を焼いてくれていたリリィが、ふと気付いた様子で尋ねてきた。

それを聞いたガーベラもまた、おれとは対照的に汗ひとつ掻《か》いていない涼しげな顔に、疑問の色を浮かべた。

「なんだ、主殿。悩み事かの?」

気遣わしげに、細い眉が寄せられる。

「もしや、まだ心配事でもあるのか? あのリアとやらのことかの?」

「……いや。そっちについては心配していないよ」

かぶりを振った。

「十分に話はしたからな」

昨日のうちに、おれたちは今後のことについて、いくらか話を詰めていた。

リアさんが秘密を知った以上、村長である夫にも話を通しておいたほうがいいということで、後日、もう一度、説明のためにラファ村に赴《おもむ》くことになっている。

更に、村人たちには詳細は伏せるにせよ、『おれたちがなにか事情を抱えており、それを村長であるメルヴィンさんは知ったうえで受け入れるつもりでいる』というところまでは伝えることにしていた。

これはリアさんの提案だった。

現時点で村人たちにまで、眷属《けんぞく》のことも含めて事情をすべて明かすのは、いくらエルフの一族の結束が固いとはいえ、情報の拡散などの面を鑑《かんが》みてもリスクが大きい。その点、リアさんのこの提案ならそうした心配はないし、いざ事実を明かしたときの心の準備にもなる。

また、たとえ万が一にも事故があって、村人たちに正体が露見することがあっても、『村長が認めている』という事実が頭にあるのとないのとでは、反応が違ってくるだろう。

「実際に集落を纏《まと》めている人の意見は、やっぱりありがたいと思ったよ。リアさんの協力を得られたのは幸運だった。それに、ヘレナもな」

昨日の話がひと段落したあとのことを思い出す。

リアさんとヘレナがやりとりをしていた。

――しかし、ヘレナの言葉で目が覚めたよ。こうも落ち着いているとはねえ。これは、わたしも引退を考えなきゃいけないかもしれないね。

――馬鹿なこと言わないでよ。お婆様と違って、わたしは心の準備ができてたってだけなんだから。

ヘレナは一昨日《おととい》の夜の倉庫での一件に遭遇《そうぐう》しており、シランがなんらかの問題を抱えていることを知っていた。だから、心の準備をしていたのだという。

――あの時点で全部知らされていたら、さすがにこうはいかなかったし。そういう意味では、お婆様とそう変わんないよ。

――そうかねえ。わたしが仮にあんたの立場にあったとしても、これほどは落ち着いていられないと思うけど。

結果論ではあるが、一昨日《おととい》の夜、ヘレナに目撃されてしまったのは、そう悪いことではなかったのかもしれない。真実を話したうえで、村の実力者であるリアさんから拒絶されずに済んだ現状は、およそ最良の状況と言っていいだろう。これから先、他のエルフの開拓村に対しても、『王族である団長さんからの招待』と『同行者であるシランとケイの存在』だけでなく、『とある開拓村の村長夫妻の支持を得ているという事実』は、非常に大きく働くはずだ。

おれ自身、信頼を得るべく動いてきたつもりではあるが、やはりこの結果に辿り着けたのは、エルフの一族のお互いを想う気持ちがあればこそ、だろう。

この機会を無駄にしないようにしなければならなかった。

と、そんなことを考えていると、ガーベラが不思議そうな声をあげた。

「ふむ。リアのことではないとすると、主殿はなにを考えておったのだ?」

「ひょっとして、シランさんのこと?」

リリィも興味を向けてくる。

「……まあ、そうとも言えるし、おれ自身のこととも言えるな」

返した声には、ほんのわずかに苦いものが混じっていた。

「今回、シランの隠し事に、おれは気付いてやれなかった。どうしてなんだろうって考えていたんだが、そこでふと気付いたんだ。おれは多分、昔のシランと同じことをしていたんだろうなって」

「昔のシランさんと？」

リリィは不思議そうな顔をした。

「ほら。出会ったばかりの頃、おれに『勇者としての幻想』を投影していたって、シランが謝ったことがあっただろう？」

「……ああ。そういえば、そんなこともあったねえ」

唇に指先を当てて少し考えたあとで、リリィは懐かしそうに頷《うなず》いた。

騎士として樹海で必死に戦ってきたシランは、救えない命を何度も取りこぼすうちに、いつしか救世の勇者の降臨《こうりん》を強く望むようになった。その結果として、出会ったおれたちに、『伝説の勇者という幻想』を重ねてしまったのだった。

けれど、交流を重ねるうちに、彼女はそんな自分に気付いた。

――勝手に投影した幻想に語り掛けていたわたしのことを、どうか許していただきたい。

律儀な彼女は、こう言って頭を下げたのだった。

「それで、ご主人様がシランさんと同じって言うのは？」

「だから、幻想だよ。おれもシランに『何事にも揺るがない騎士って幻想』を見ていたんだ」

多分、切っ掛けは、チリア砦襲《とりでしゅう》撃《げき》事件の日にあった出来事だろう。

モンスターに襲われるチリア砦で、遭遇《そうぐう》した同盟騎士たちにおれは剣を向けられた。

モンスターを率いる能力を持つおれにとって、あれはおよそ考え得る限り最悪のシチュエーションと言ってよかった。あのままでは、冤罪《えんざい》を晴らすこともできず、逃げ出すほかに道はなかっただろう。

そんな場面で、シランはおれの無実を信じて、団長さんを説得してくれた。

それがとても嬉しかった。騎士としての彼女の高潔さが輝いて見えた。

ともすれば、幻想を抱いてしまうくらいに。

……要するに、危ないところを助けられたお姫様が、勇者に憧れを抱くようなものだ。

そう考えると、いろいろとあべこべなように思う。

言い換えれば、あの出来事はおれにとってそれだけ大事な思い出だったとも言える。だからこそ、今回の失敗の原因ともなりえたのだった。

「気付いてやれなかったのは、おれの落ち度だ」

「だけど、いまはそれに気付けたんでしょ？」

溜め息をついたおれに、リリィが横合いから手を伸ばしてきた。

「だったら、これから気を付けてあげればいいことなんじゃないかな」

「リリィ……」

細い腕が体に回されて、優しく抱擁《ほうよう》される。

それは慰《なぐさ》めであり、励《はげ》ましでもあった。

「騎士じゃなくなったシランさんは、ひとりの女の子なんだから。そのように扱ってあげないと……ご主人様も、そのつもりなんでしょ？」

「ああ」

アンデッドになったから普通の女の子の生活をする……というのも因果なものだが、これはひとつの有用な方策だろう。なぜなら、シランが心身のバランスを崩した最初の切っ掛けは『騎士ではなくなったこと』なのだから。『騎士ではないただの女の子』としての自分に生き甲斐《がい》を見出すことができれば、精神的に安定するだろうし、精神状態に引きずられるデミ・リッチの体の具合も改善されるはずだった。

おれの顔を覗き込んで、リリィがにっこり笑った。

「もちろん、わたしも協力するよ」

「そう言ってもらえると助かる。男のおれじゃあ、行き届かないところもあるだろうからな。そういうときは頼んだ」

「了解」

ふふっと微笑《びしょう》したリリィが、不意に笑みを悪戯《いたずら》っぽいものに変えた。

「まあでも『協力』ならもうしてたりして」

「うん？　どういう意味だ？」

「すぐにわかるよー」

なんだろうか。とても楽しそうだった。

それ自体はおれにとっても喜ばしいことだし、小悪魔な表情も魅力的だと思うのだが、理由がわからないのは座りが悪い。

おれの疑問の視線に朗《ほが》らかな笑みを返すと、リリィは顔を他所《よそ》に向けた。

「と、話をすれば影だね」

「なんの話でしょうか?」

現れたシランが不思議そうな顔をした。

「ううん、こっちの話だよー」

「そうですか? でしたら、よいのですが」

リリィがひらひらと手を振ると、シランは首を傾げた。そして、こちらに顔を向けた。

柔らかな笑みが満面に広がった。

「あ。孝弘殿。汗を流すための道具一式を持ってきましたよ」

そろそろ訓練が終わるだろうと見越して、わざわざ持ってきてくれたらしい。

ありがたいことだった。

……のだが、おれは礼を口にすることができなかった。

他に気を取られていたせいだ。ガーベラも同じだったらしく、数秒遅れて声をあげた。

「おー。これはびっくりだの」

「え？」

「その服。リリィ殿の……いや。美穂殿のものだな」

ブレザーの上着に、色鮮やかなプリーツスカート。

そう。この場に現れたシランは、水島さんの制服に身を包んでいたのだった。

おれが驚いて言葉を失ったのも、無理ないことだと思う。

「ええと……」

怪訝《けげん》そうに眉を寄せたシランが、リリィに視線をやった。

「孝弘殿たちに説明はしてくださっていないのですか？」

「サプライズのほうが良いかなと思って」

「……わたしが仕掛けたみたいになっているのですが。わたし自身も驚いていますのに」

「うん。だから、ご主人様と、シランさんにサプライズ。一石二鳥だね」

ぐっと親指を立てて見せる。満足げなリリィだった。

「……なあ、リリィ。それと、シランも。これはいったい、どういう状況なんだ？」

ふたりのやりとりに、おれは口を挟んだ。

リリィの言うところのサプライズとやらは成功したようだが、お陰で状況が掴めない。

「なんで、シランが制服を？」

説明を求めると、シランは恥ずかしそうに視線を逸《そ》らした。

「えぇっと、ですね。わたしの普段着が騎士団の制服だったのは、孝弘殿も知っての通りです。けれど、騎士でなくなったわたしには、あの鎧《よろい》はふさわしくありません。ですから……」

「折角だし、女の子らしい格好をしようよって提案してみたんだよ」

「なるほど、そういう経緯か」

真面目なシランと、気遣いに長けたリリィらしい話だった。

それに、これは先程、リリィが話していたことにも繫がっているのだろう。シランを女の子として扱うという、その一環なのだ。

おれはそう納得しかけて、はたと気付いた。

「いや待て。なんでそれで制服なんだ？」

「手持ちで一番女の子らしいのがこれだったから」

「……と、リリィ殿に押し切られました」

リリィが元気よく答えれば、シランは苦笑混じりに証言した。要するに、服のチョイスは、リリィの趣味ということらしい。納得した。

「もちろん、美穂も良いって言ってくれたよ。というか、けっこうノリノリでね。シランさん、素材が良いから楽しくって」

リリィは満足げな吐息《といき》を零《こぼ》した。一方のシランは困ったような顔をしているが、嫌がっているふうではない。むしろまんざらでもなさそうな雰囲気に見えた。

「で、どうかな、ご主人様？ 似合ってるでしょ？」

「え？ ……ああ。うん、そうだな」

言われて、改めてシランの全身を眺めた。

誤解を恐れずに正直なところを言えば、第一印象はかなり違和感があった。

高校生のおれにとって、学校の制服は元の世界の日常と深く結びついたものだ。同級生に外国人はいなかったし、金髪碧眼《へきがん》の少女……それも、耳は尖り、顔の半分は大きな眼帯で覆《おお》い隠されているシランが身に着けているのは、かなりの違和感があった。

わかりやすく言えば、コスプレ感がすごかったのだ。

ただ、それはあくまで、元の世界での記憶があるから戸惑ってしまうだけのことだった。

「似合ってると思うよ。なんというか、すごい新鮮だ」

エルフらしく繊細で整った顔立ちをしたシランは、落ち着いた雰囲気の美少女だ。鍛えた体は引き締まっており、成長途中の少女ながら、すでに十分に女らしさも備えている。大抵の服は着こなせてしまうだけの素地はあるのだ。

「あ、ありがとうございます」

褒められたシランが、おれから視線を逸らした。

「ですが、その……そ、そうも見られてしまうと恥ずかしいのですが……」

所在ない指先が、慣れないスカートの裾《すそ》を気にする素振《そぶ》りを見せる。ただ、そうした仕草は、むしろ不用意に注意を引く類のものだった。

これまでシランの普段着は、騎士の凛々《りり》しい鎧《よろい》姿だった。そうでないときも、大抵は身動きに支障のない実用的なシャツに長ズボンを着ていた。けれど、いまはスカートだ。極端に丈が短いわけではないが、露出は比較にならない。

丸い膝小僧《ひざ》と、思いのほか艶《つや》めかしい太腿《もも》の上で、プリーツスカートの裾《すそ》が揺れている。

「あ、悪い」

すぐに目を逸らした。すると、ガーベラと目が合った。

思案げな表情で、彼女はつぶやいた。

「うーむ。制服か。妾《わらわ》も借りられんかの。それとも、いっそ作るのもありか」

「そうしたら、加藤さんもほしがるかもね」

「む。リリィ殿。それはどういうことだ。加藤殿には、自前のものがあるではないか」

「ううん、そっちじゃなくて、わたしが言ってるのはローズの分。加藤さんも、シランさんの制服姿は見たはずだから、今頃、その手もあったかって検討してるんじゃないかな。ねえ、ご主人様。みんなの制服姿、見てみたいと思わない?」

「そこでおれに振るのか……」

「と言いますか、あの、リリィ殿? ガーベラ殿? 申し訳ありませんが、そろそろ、この話題は勘弁してもらえませんか……?」

珍しくわたわたとしたシランが、ふと抱えた道具一式に視線を落とした。

「そ、そうでした。孝弘殿。こちらをお渡ししなければ」

あからさまな話題変更だったが、おれとしてもこの状況は居心地悪かったので、乗ることにやぶさかではない。

「ああ。悪いな」

「いえ」

一式を受け取って、おれは尋ねた。

「そういえば、体の調子はどうだ？」

「大丈夫です」

シランは苦笑した。

「……と返事をするのも、これで今日三度目ですが」

「ご主人様は心配性だからねえ」

「いえ。その、これに関しては、体調不良を黙っていたわたしの自業自得のところもあるので、孝弘殿のことをとやかくは言えないのですが……」

微笑《ほほえ》ましげにリリィが言えば、シランは少し気まずそうにする。

シランの姿には、以前とは違って、無理をしている様子はなかった。

その事実に胸を撫《な》で下ろしつつも、それはそれとして、調子を確認する言葉を口にしてしまうから、おれは心配性だなんだと言われてしまうのだろう。

軽く咳をしてから、シランはリリィに水を向けた。

「ええと……リリィ殿は、これから朝食の準備をされるのですよね」

「うん。そのつもりだけど」

「今朝は、そちらを手伝わせていただきたいと思うのですが、よろしいですか？」

「シランさんが？」

リリィは目を丸めた。驚くのも無理はない。シランは旅の間、あまり食事の準備をすることはなかったからだ。

というのも、食事の準備はリリィが進んで担当しており、大抵は他に希望して手伝う者もいて、手は足りていたのだ。おれの指導に時間を割いているシランが参加する必要性はなく、食事を摂《と》る必要もない彼女にそれを強制する者もいなかった。

「手伝ってくれるのは歓迎だけど……いいの？　まだ休んでてもいいんだよ？」

「そういうわけにはまいりません」

「真面目だねぇ」

騎士でなくなったとしても、当人の気質が変わるわけではない。苦笑を零《こぼ》したものの、リリィの口調は好ましげなものだった。

「まあ、これも女の子として生活の一環ってことで。うん。わかったよ」

「ありがとうございます」

「お礼を言うのも変な話だけどね。……あ、でも」

そこでリリィは、なにかに気付いたような顔をした。

「なんですか？」

不思議そうな声をあげたシランを見てから、リリィはおれを一瞥《いちべつ》する。

改めて、シランに顔を向けた。

「シランさん。自分の食事はいいの？」

「わたしですか？　わたしに食事は……」

一拍遅れて、なにを言われたのか理解したらしい。こちらに目が向けられた。

はっとしたように、逸《そ》らされる。

「ええっと……その、昨日いただいたばかりですし」

「変な遠慮をすることはないぞ」

半分は釘を刺す目的で、おれは口を挟んだ。

「おれとしても、一気に血を失うと貧血になりかねないからな。むしろこまめに摂《と》ってもらったほうが助かるくらいだ。なんなら、いまからでもいい」

「ですが……」

なにやらシランは煮え切らない様子だった。

視線がちらりと、リリィとガーベラに向けられる。

「わたしは……」

もごもごと口が動いて、少し俯《うつむ》き加減になる。きゅっと眉を寄せた表情には、恥じらいがあった。所在なげな指先が、服の裾《すそ》をいじっている。

これまでに見たことのない、シランの姿だった。おれは少し戸惑ってしまう。

「えっと……シラン？」

「い、いえ。やはり、結構です」

シランは音がするくらいに強く、首を横に振った。

「お腹《なか》は空いていませんから……」

言って、踵《きびす》を返してしまう。

「そ、そういうことですので。リリィ殿。わたしは、先に行っていますね」

言い残して、そのままそそくさと行ってしまった。

その背中を目で見送って、こてんとガーベラが首を傾げた。

「どうかしたのかの？」

「うーん。いまのはちょっと失敗だったかも」

ひとり状況を理解したのか、苦笑いをするリリィにおれは尋ねた。

「どういうことだ？」

「ん？ どういうことって……それはまあ、恥ずかしかったんだよ。ご主人様から血をもらうのがさ」

「おれから血をもらうのが恥ずかしい？ ……ああ」

言われて初めて、はたとおれは思い至った。

血を吸うということは、肌に口で触れるということだ。およそ、親密な相手以外にすることではない。ましてや、相手は異性だ。意識してしまえば、される側のおれだって気恥ずかしいものがある。シランに抵抗がないはずがなかった。

「これは……しまったな。切羽詰まってて、昨日はそれどころじゃなかったから、あまり気にしていなかった」

「うん。わたしもちょっと、うっかりしてたかも」

リリィは頬《ほお》を掻《か》いた。

「自分の体を維持するために必要なことだし、これまでのシランさんなら動揺しなかったんだろうけど。いまのが、素のシランさんなのかもしれないね。……それにしても、ちょっと動揺し過ぎな気もするけど。んー。ひょっとすると、シランさん、ずっと騎士として生きてきたから、女の子としての経験値が……」

なにやらぶつぶつとリリィが考え込む間に、おれも状況を頭のなかで整理する。

苦い声が出た。

「となると、難しいな」

「え？」

「おれから血を飲むこと自体が、精神的な負担になりかねないわけだろう？」

おれとしては、ただ確認を取ったつもりだったのだが、リリィは目を丸くした。

「ううん。それはないと思うけど」

「ん？　だけど、さっきは……」

「あれは多分、わたしとガーベラの目が気になったんだよ」

「そうなのか？」

「うん。ご主人様から血を吸う行為自体については、シランさんに抵抗はないと思うよ」

リリィは確信を持った様子で言い切った。

「……そうか」

おれは頷《うなず》いた。

少し腑《ふ》に落ちないところもあるが、同じ女性にしかわからないことはリリィに任せると、さっき言ったばかりだ。ここは信じておくことにしよう。

◆　◆　◆

朝食を済ませたあとで、おれたちは出発した。

森のなかを通る細い道を進んでいく。途中で休憩を挟みつつ、丸一日の道程だった。

「……そろそろ日が傾いてきたな」

準備にかかる時間も考慮して、普段なら野営を考え始める頃合いだった。

ただ、日が暮れるまでには村に着けるという話なので、今日は車を進める。

リアさんたちは、昨日と同じくおれの運転する魔動車の前方を歩いていた。

もう彼女たちに眷属《けんぞく》の正体を隠す必要はないので、車に乗ってもらってもかまわないのだがり……事情を知った昨日の今日だ。大きめの車体とはいえ、いかにもモンスター然としたガーベラたちと、狭い空間で一緒にいるというのは、さすがにハードルが高いだろう。

というわけで、リアさんたちは今日も徒歩なのだが、万が一のときのための護衛は、昨日と違って、シランの代わりにローズが務めていた。

それでは、シランはどこにいるのかといえば、御者台に座るおれの隣だった。

これは、事後経過を診《み》るためだった。たとえば、また彼女の体になにかがあって倒れたとして、隣にいてくれたほうが咄嗟《とっさ》の対処がしやすい。

もうひとつ言えば、昨日の出来事がなにかしらの変化を及ぼしたらしく、おれはパスを介して、シランの魔力の状態をなんとなく感じ取れるようになっていた。いまの彼女には、ある意味、おれの体の一部が取り込まれているので、そのあたりが影響しているのかもしれない。

そうして感じられるところ、現状、シランの魔力はかなり少ない。

人間の体を動かす栄養が、シランにとっての魔力である以上、少ないよりは多いほうが良い。

ただ、だからといって、もっと魔力を……言い換えると、おれの血液を与えれば良いかと言えば、それはあまり意味がなかった。

いまのシランは、言ってしまえば、胃が小さくなっている状態だ。

今朝、『お腹は空いていない』と言っていたのは、そのためだった。

小さい袋に無理矢理水を流し込んでも溢《あふ》れるだけだし、なんなら袋が破けてしまう危険性だってある。

低燃費で、低容量。

低いレベルではあるものの、安定しているのだから、いまは経過を診《み》るべきだった。

というわけで、おれは隣に座るシランの様子を気にしつつ、言葉を交わしていた。

「そういえば、今朝は驚いたよ。シランは料理もうまいんだな。知らなかった」

「これくらいは普通ですよ」

応じるシランは、すでにブレザーの制服を着替えている。借りものを旅の間に汚してしまうと困ると言っていたが、どちらかといえば、慣れない女の子らしい格好をしているのが恥ずかしかった、というほうが理由としては大きいようだった。

「それに、料理というほどのことはしていませんし」

「謙遜しなくてもいいだろう。おれには料理のことはよくわからないけど、シンプルなスープなのに美味しかったよ。リリィも唸《うな》ってた」

「あれは、いくつかの香草を使っているのですよ。リリィ殿にも以前にお伝えはしたのですが、入れるタイミングや配合、分量の微妙なずれで、風味が変わってきてしまいますので」

「そのあたりは、熟練の技か？」

「いえ。単なる慣れですよ。リリィ殿にもすぐできるようになります」

車に揺られながら、他愛もない会話に興じる。なんだか少し新鮮な気持ちだった。

これまでシランとふたりで話すことと言ったら、剣や魔法など戦闘に関するものか、この世界の風俗や制度などの知識面に関するものが大半だった。リリィに言わせれば「ふたりとも真面目なんだもの」ということになるのだが、とにかく、学ぶべきことも、備えるべきことも多かったのだ。

そうした話は、それはそれで興味深かったし、会話を楽しみもしていたのだが、実用面が先に立っていたことは否めない。

これもある意味、騎士としての彼女しか見ていなかったことの、ひとつの現れなのかもしれない。これからはもう少し、こうした時間を作ろうと思う。

「シランは手慣れてるんだな」

「亡くなった母に教わりました。これでも騎士団にいた頃は、たまには自分で料理をしていたのですよ？　……そうすると、どこからともなく団員たちがやってきて、分けてくれと言い出すのが大変でしたが」

「へえ」

「常識の範囲内ならともかく、『模擬戦で勝ったら、これから先もずっとおれのために料理を作れ』と言い出す馬鹿者まで現れまして。あれは困りましたね」

「……それは多分、ちょっと違う意味だったんじゃないか？」

これはおれでもわかる。だけど、当人には伝わらなかったようだ。

気遣い屋のシランにも鈍《にぶ》いところがあるらしい。

おれが少し笑うと、シランは不思議そうな顔になった。

「なんですか」

「いや。なんでもない。ただ、そうだな。少し残念だなと思ってな」

「なにがでしょうか」

「今朝の朝食は美味しかったし、また機会があれば、シランが作ったご飯を食べてみたかったんだが……模擬戦を挑んで叩きのめされるのは困る」

おれの冗談を聞いて、シランはくすりと笑った。

「まさか。孝弘殿のことを、叩きのめしたりはいたしませんよ」

シランもまた、冗談で返すかなとおれは思っていた。

違った。

「むしろ孝弘殿には、わたしの料理を食べてもらいたいくらいですから」

さらりと告げられたのは、素の言葉だった。

社交辞令というわけでもなければ、冗談でもない。ただ、そうしたいと思ったから、そのままを口に出しただけ。そんな風情だった。

あまりにも無防備過ぎる言葉は、それが無意識のものであればこそだったかもしれない。

「あ」

シランが小さな声をあげた。

まるで自分が口にした言葉の意味するところに、今更、気付いたかのようだった。実際、その通りなのかもしれない。ぱっとこちらを振り向いた顔には、軽い混乱めいたものがあった。

「あっ……え？　なんで、わたし……」

唇から意味のない言葉が零《こぼ》れ落ちる。

戸惑いつつ恥じらう仕草は、年齢よりも幼い女の子のように見えた。

「その、いまのはですね……」

ぱたぱたと手を振りながら、言葉を探しているのか視線が泳いだ。

「そ、そういう意味ではない、というか」

「ああ、うん。どういう意味でも、おれは……」

まずい。なんだか、こっちまで変な感じになってしまった。

「き、機会があれば……孝弘殿に、その、かまいません。村に滞在中なら……えっと、先程の話、なのですが」

「そ、そうか。ありがとう……」

しどろもどろのシランの申し出に頷《うなず》く。

じりじりと体感温度が上がり、肺が半分に縮んだみたいに息苦しい。ただ、それは不思議と嫌な感覚ではなかった。

沈黙が落ちる。

しかし、それも長くは続かず、妙な空気に堪《た》えかねてか、シランが話を振ってきた。

「そ、そろそろ、村に着く頃ですね」

「そうなのか?」

「はい。なんとなくですが、道に覚えがあります」

周囲を見回しつつ、おれの問いに答えてくれた。

「ちょっと登り坂になっているでしょう? これを登り終えたら、村が見下ろせるはずです」

言葉を重ねているうちに、シランも落ち着いてきたようだった。

「……最後に通ったのはもう5年も前ですが、意外と覚えているものですね」

おれの目には代わり映えしない森の光景だが、彼女にとっては違うのだろう。つぶやいた声には、懐かしさが漂っていた。

シランは以前に『兄と同じく自分も故郷の村には帰ることはできないだろう』と語っていたことがある。そのような悲壮な覚悟を胸に戦い続けてきた彼女にとっては、5年振りの帰郷は、いっそう感慨深いものに感じられるに違いなかった。

そんな話をしている間にも、登り坂が緩《ゆる》やかになりつつあった。

先を歩いていたリアさんたちが歩調を緩めて、おれたちのもとにやってくる。

「孝弘殿。そろそろケド村に到着します」

「はい。さっきシランから聞きました」

声をかけてくるリアさんに応えた頃には、登り坂だった道の傾斜がなくなっていた。

もう到着だと思うと、自然と気分が引き締まった。

ケド村のいまの村長は、シランの叔父に当たる人物だと聞いている。これからの生活基盤を確保するために、彼に味方になってもらうのが直近の目標だった。

気を抜いてはいられない。と同時に、少し楽しみな気持ちもあった。

なにせ、シランとケイの故郷なのだ。

なにもないところだと聞いているし、これまでに寄ってきた開拓村とそう変わらないことはわかっているが、それでも楽しみだった。

魔動車の御者台は高いところにあるので、村の光景が目に入ってきたのは、おれとシランが最初だった。

燃え落ちる家々と、逃げ惑う村人たちの姿が見えた。

「な……にが？」

ひび割れた声が喉《のど》を震わせた。唖然《あぜん》として、おれはその光景を凝視した。

理解ができない。脳味噌が目の前の現実を拒絶して、思考に空白が生まれていた。

迂闊《うかつ》というべきだろう。

モンスターに村が襲われているのなら、助けに行くにしろ、もうどうしようもないと判断して見捨てるにしろ、即座になんらかの行動を起こさなければいけない。それが、この世界に生きる者の心構えと言っていい。それなのに、おれは完全に硬直してしまっていた。

だけど、それも仕方なかった。

なぜなら、村人を襲っていたのは、モンスターではなかったのだ。

鎧《よろい》姿の男たちが、村人に剣を向けていた。

無慈悲な剣が振るわれると、冗談みたいに簡単に人が倒れた。倒れた村人は、二度と立ち上がることはない。そうして幾人もの村人が地面に転がる光景は、出来の悪いジオラマめいていて、どこか現実味に欠けていた。

いったい、なにが起きているのか。

あの武装集団は何者で、村人たちはどうして攻撃を受けているのか。

目の前で起きていることを、咄嗟《とっさ》におれは把握《はあく》しようとした。即座にそうすることができたのは、これまで修羅場をくぐり抜けてきた経験のお陰だった。

けれど、やはり想定外の事態を目の当たりにして、動揺はしていたのだろう。それより前に、まず対処すべき問題があることまでは、頭が回らなかった。

「あ、ぁあ……」

隣で立ち上がる気配に、はっとした。

脳裏に、サルビアの鳴らした警鐘が過《よぎ》った――アンデッド・モンスターであるシランは、精神状態によって、グールのような暴走状態に陥る危険を抱えている。だとすれば、いまの状況は……。

「あ、ぁああ……」

ぞっとするような呻《うめ》き声が耳朶《じだ》を舐める。急いで視線を巡らせた。

そこに、一匹のグールがいた。

「あぁあ、あ、あ……」

いまのシランは、デミ・リッチ、あるいは、デミ・グールと呼ばれるべき存在だ。

高い知性を持つリッチと、理性を持たないグールの間の存在は、非常に不安定だ。天秤《てんびん》は、常にふらふらと揺れている。

その喩《たと》えで言うのなら、現状は、天秤の一方に拳を叩き付けたようなものだった。

「があああぁあああ!」

無残なくらいに乱暴に、天秤が一息に傾けられる。

その瞬間、理性なき叫び声をあげて、シランは弾丸のように飛び出していった。

長い旅のすえに辿り着いた、エルフの住まう辺境の村。

大切なものを守り抜くための戦いが幕を開ける。

そこで紡《つむ》がれるのは、英雄ではない少年と、騎士ではなくなった少女の、騎士と勇者の戦いの物語。

深く結びつくことになるふたりの、抗《あらが》いと願いと、恋の軌跡。


〈『モンスターのご主人様』⑩へ続く〉

モンスターのご主人様《しゅじんさま》⑨
2017年5月1日　第1刷発行

著者　日暮眠都《ひぐれみんと》
発行者　稲垣潔
発行所　株式会社双葉社
〒162-8540
東京都新宿区東五軒町3-28
電話　03-5261-4818（営業）
03-5261-4851（編集）
http://www.futabasha.co.jp
（双葉社の書籍・コミック・ムックが買えます）
印刷・製本所　三晃印刷株式会社
フォーマットデザイン　ムシカゴグラフィクス

ISBN978-4-575-75135-2　C0193
Printed in Japan

Mひ01-09